이건 폭탄이 아니외다

수우당 시인선 017

이건 폭탄이 아니외다

2025년 6월 3일 초판 인쇄

지은이 | 이응인
펴낸이 | 서정모
펴낸곳 | 도서출판 수우당

주 소 | 51516 창원시 성산구 외동반림로126번길 50
전 화 | 055-263-7365
팩 스 | 055-283-8365
이메일 | dlp1482@hanmail.net
출판등록 | 제567-2018-7호(2018.2.12)

ISBN 979-11-91906-42-4-03810

값 12,000원

* 이 책은 경상남도, 경남문화예술진흥원의 문화예술지원을 보조받아 발간되었습니다.
* 잘못된 책은 바꾸어 드립니다.
* 저자와 협의하여 인지를 붙이지 않습니다.

수우당 시인선 017

이건
폭탄이 아니외다

일제에 항거한 밀양 사람들

이응인 시집

수우당

이 응 인

- 1962년 경남 거창에서 태어났으며, 1987년 무크지 『전망』 5집에 '그대에게 편지' 외 7편의 시를 발표하면서 문단에 나왔다.
- 시집으로 『투명한 얼음장』, 『따뜻한 곳』, 『천천히 오는 기다림』, 『어린 꽃다지를 위하여』, 『그냥 휘파람새』, 『솔직히 나는 흔들리고 있다』, 『은행잎 편지와 밤비 라디오』를 내었고, 함께 엮은 책으로 『선생님 시 읽어 주세요』, 『밀양설화집 1·2·3』, 『그래 밀양의 옛이야기 한번 들어볼래?』, 『밀양문학사』, 『들려주고 싶은 삼랑진 이야기』 등이 있다.
- 2003년부터 밀양 화악산 기슭 퇴로 마을에서 텃밭을 일구며 살고 있다. 그동안 밀양 세종중에서 아이들을 가르쳤으며, 밀양문학회 회장, 경남작가회의 사무국장·부회장, 한국작가회의 이사 등을 맡기도 했다.

len41@hanmail.net

| 시인의 말 |

나라 잃고 살았던 일제강점기
밀양에서 일어난 크고 작은 일들
거기서 피어나는 사람의 향기를 맡는다.

되짚어 돌아 나오는 좁은 골목에서
흔적만 남은 옛 장터에서
어둠에다 심지를 돋운 예배당 여자 야학에서
그분들의 발자국
아슴한 목소리를 마주친다.

해방 이후 대립과 분단 그리고 전쟁
그 폭풍의 소용돌이 속에서
보도연맹이란 올가미에 묶여
곰티재와 안태 골짜기에서 희생된 이들.

79년 10월, 부산에서 마산까지
책이 아닌 몸으로 민주주의를 배운
젊음의 고뇌와 함성.

눈 가리지 말고 귀를 열어
끌어안아야 겨우 보이는
그분들에게
못난 시를 바친다.

| 차 례 | ───────────────────────────

미리벌의 노래

아주 옛날에
하늘을 흐르는 강이 있었단다.
은물결 반짝이는 하늘강에는 용들이 헤엄쳐 다녔대.
그중에 호기심 가득한 용 한 마리
추운 겨울날 땅에 내려왔어.
너무 추워 웅크린 채 잠이 들었는데
얼마나 잤는지 몰라.
잠에서 깨어나 꼬리를 살랑살랑 흔들자
비로소 물길이 생겨 강이 흐르기 시작했어.

가지산 자락 호박소에 살던
어린 이무기들도
물소리 따라 촐랑촐랑 길을 나섰대.
그제서야 나무에는 잎이 돋고
새들은 목이 틔었다고 해.
이때부터 머룻빛 맑은 눈을 가진 사람들이
산밑 물가에 머리를 맞대고 살기 시작했어.
나무하고, 땅 파고, 집 지으면서

나무의 노래, 새의 노래, 물의 노래를
따라 불렀어.
그래서 세상에 노래가 생겨난 거야.

하늘용이 기지개 한번 켜자 동녘내[동천]가 생기고
날개 한번 펴자 재약산(載藥山) 아래 단장내가 생겼대.
은빛 비늘 번득이며 고개 들고 치솟으니
운문산에서 청도로 흐르는 동창천이 나고
비슬산에서 내닫는 청도천이 되었어.
이 강물이 모두 미리벌뫼[추화산] 아래 모였단다.
하늘용은 여기다 새을 자[乙] 강을 열어 놓고
용머리산 아래 깊은 물속에서 살았대.

사람들은 화악산과 종남산, 만어산 품에
집 짓고, 땅 일구고, 강에 나가 고기 잡으며
아들딸 낳고 큰 고을 이루었어.
여기가 바로 미리벌이야.

영남루 우뚝 솟아 물안개 굽이 돌면
아슴히 쪽배에는 낚싯대 가물거리고
갯버들 늘어선 둑길에는
지게목발 장단에 흥얼대는 콧노래도 들려.
저기 저 용두산 벼랑에 수줍은 진달래 좀 봐.
빨래 나온 아가씨들 방망이 소리에도 가락을 넣는대.
골목마다 아이들 노래 몰씬몰씬 솟아나네.
남포에서 배가 뜨면 상남 하남 다 지나서
삼랑진, 부산 흘러간단다.
강은 흐르면서 끝없는 노래를 부르고
사공은 노 저으며 그 가락 따라 한단다.

강에서 자란 이곳 아이들
눈이 은하수마냥 빛나는 건
하늘용이 가져다준 보물 하나씩 품고 있기 때문이란다.
겨드랑이에는 반짝이는 비늘도 있대.
그 아이가 어른이 되어 아들딸들이 나고
그 아들딸들이 아이를 낳고

강물이 얼마나 흘렀는지 모른단다.

고려 적 몽고가 쳐들어와 항복할 때도
이 고을 사람들은 삼별초와 함께하며
보물을 버리지 않았단다.
조선 임진년 왜적이 왔을 때도
천태산 까치고개[작원관]에서 싸우며
미리벌을 지키려 했지.
나라가 망하자 중국으로 건너가
의열단을 세우고, 경찰서에 폭탄을 던진 것도
미리벌 사람들이었어.

보고픈 사람 눈에 선할 때나
나라 잃고 속 끓이며 잠들지 못할 때나
만주에서 독립군 되어 총 들고 나갈 때
미리벌 사람들은 노래를 불렀대.
동해 바다를 불태운 해가
재약산, 자성산 위로 솟아오를 때나

종남산, 덕암산 너머로 질 때면
황금빛 갈기를 날리며 하늘강으로 오르는
늙은 용을 본 사람이 있대.
그걸 본 사람들의 겨드랑이엔
아직도 황금빛 비늘이 숨겨져 있단다.

지금도 미리벌의 노래 부르며 하늘강 쳐다보면
동녘에서 반짝이며 우리를 내려다보는
맑고 총총한 눈이 있단다.

제가 똥통에 넣었습니다

—동화학교(同化學校) 을강(乙江) 선생님 전

 을강 선생님, 밀양공립보통학교 4학년 다니던 윤소룡이옵니다. 지난 4월 천장절 날 일본기를 학교 똥통에 꽂은 일은 저희가 했습니다. 일본인 교장이 무수히 구타하고 고문을 하였지만 우리는 아무도 입을 열지 아니하였습니다. 그 사건은 범인을 찾지 못하고 넘어갔지만, 일본인이 경영하는 학교에서 더 이상 노예교육을 받을 수 없어 저와 김원봉은 학교를 그만두었습니다.

 저희는 나라 잃고 이제 배움터조차 잃어버렸습니다. 지난해 한일병합 소식을 들었을 땐, 어린 동무들이 한 곳에 모여서 통곡하였습니다. 일본어 수업을 거부하며 애국사상을 지녀온 열두 살 소년의 앞길을 선생님께 의탁하오니 부디 보살펴 주시길 바랍니다.[1] 바쁜 마음에 예의를 갖추지 못했습니다. 그럼 이만 총총.

신해(1911) 오월 윤소룡 올림

*을강: 전홍표 선생
*소룡: 윤세주

---

1) 둘은 보통학교를 졸업하지 못했으나 애국학생이라 특별히 동화중학교에 입학이 허락되었다.

밀양도 가만있을 수 없소이다
─3·13 밀양 만세운동

1.
고종 황제 인산일[장례일]을 앞두고
윤치형, 윤소룡은 서울로 향했다.

3월 1일, 오후 2시
민족 대표들은 태화관에 모여 독립선언서를 낭독했다.
탑골공원에서 숨죽여 기다리던 학생들
참다못해 육각정으로 뛰어오른 청년
조선, 독립, 만세!
피 끓는 목소리가 파도가 되었다.
조선!
 독립!
  만세!
만세, 만세, 만세!

피고인 윤소룡, 윤치형은 예전부터 조선통치에 관하여
불만을 품고 있었는데, 대정8년(1919년) 3월 조선 각지에서
조선 독립 시위운동이 일어나자 이에 밀양에서도 이 운동

을 하기로 계획하여 운소룡은 주로 동지의 규합을, 윤치형
은 주로 준비를 맡기로 약속했다.[2]

3월 11일, 밀양 정동찬의 집(내이동 991)
윤소룡, 김소지, 정동준, 윤보은, 정동찬이 모였다.
"탑골공원에서 만세를 부른 이후, 온 나라에서 조선 독
립 운동이 일어나고 있소이다. 밀양도 가만있을 수가 없소
이다. 내일모레가 성내(城內) 장날(음력 2월 12일)이니 정오부
터 '조선 독립 만세'를 외치며 행진합시다."

3월 12일, 정동찬의 집
윤소룡, 정동찬, 권재호, 최종관, 정동준, 윤보은, 박소종,
설만진, 박만수가 모였다.
"이제 내일이오. 내일은 하늘이 두 쪽이 나도 나와야 합
니다."
모두들 연판첩에 도장을 찍었다.

3월 12일 밤, 김병환의 미곡상점(내일동)

큰 보자기를 들고 들어가는 실루엣, 윤치형이다.

13일 이른 아침, 윤치형

신문지에 싼 것을 들고 상점 안으로 사라졌다.

얼마 후, 정동찬이 들어갔다.

3월 13일, 오후 1시 김병환의 미곡상점 앞

윤치형은 '조선 독립 만세'라고 쓴 큰 깃발을 박만수에게 건넸다.

윤소룡은 김소지에게 나팔을 건넸다.

"아리랑~ 아리랑~ 아라~."

나팔 소리가 깃발을 뒤따랐다.

정동찬, 정동준, 설만진, 양쾌술이 따랐다.

박소종은 동지들에게 태극기를 건넸다.

김병환의 미곡상점에서 출발한 시위 행렬

시장을 돌았다.

서문걸에서 권재호가 "만세"를 외치며 달려왔다.

나팔 소리는 점점 커졌다.

밀양공립보통학교 앞을 지날 때
누군가 태극기를 들고 학교 안으로 달려갔다.

박만수가 '조선 독립 만세' 깃발을 이장수에게 건넸다.
이장수가 '조선 독립 만세' 깃발을 최종관에게 건넸다.
윤치형은 두루마기 속에서 '조선독립신문'을 꺼내어 윤
차암에게 건넸다.
윤차암은 '조선독립신문'을 권문득에게 건넸다.
권문득은 '조선독립신문'을 김상득에게 건넸다.
김상득은 '조선독립신문'을 장꾼들에게 나누어 주었다.
박작지, 엄청득, 노재석, 김상이, 윤방우는 함께 외쳤다.
조선 독립 만세!
조선 독립 만세!
조선 독립 만세!

발 디딜 틈도 없는 시장통.
시위 행렬은 고무줄마냥 길어졌다.
눈이 똥그래져 바라보는 아이들

만세를 부르는 장꾼들
바가지에 물을 떠서 건네는 이
떡을 조각조각 나눠주는 이
소맷자락으로 눈물을 닦는 이

만세, 만세, 만세!
돼지가 고함을 쳤다.
닭들이 목청을 뽑았다.
강아지가 끝없이 짖었다.
대문이 열렸다.
고무신이, 지팡이가, 맨발이
몰려나왔다.
일본인들이 가게 문을 닫아걸었다.
나팔 소리가 남문에 이르렀을 때
행렬은 끝이 보이질 않았다.

피고인 윤소룡, 윤치형을 각 징역 1년 6월에 처한다.
피고인 정동찬, 김병환, 김소지, 박만수, 이장수, 최종관,

박소종을 징역 6월에 처한다.

피고인 권재호, 설만진, 정동준을 징역 4월에 처한다.

피고인 윤보은을 징역 3월에 처한다.

피고인 김상득, 박작지, 엄청득, 노재석, 김상이, 윤방우, 양쾌술을 태 90에 처한다.

압수한 대형 깃발[조선 독립 만세] 1매, 소형 깃발[태극기] 18매, 조선독립신문 22매는 몰수한다.[3]

2.

3월 14일, 밀양공립보통학교 학생 160여 명이 훈도와 교장[鮫島岩雄]의 제지를 뚫고 거리로 나섰다. 학생들은 태극기를 흔들고 '독립만세'를 외쳤다. 성내 사람들 수백 명이 따라 나섰다.

3월 15일, 밀양유림회는 강변 솔밭에서 시회(詩會)를 열었다. 두루마기에 갓을 쓴 어른들이 강변을 가득 메웠다. 시회를 하던 어른들이 일제히 일어나 거리로 나서 '조선 독립 만세'를 외쳤다. 수천 명의 시위 군중으로 성내 거리는 막혔다. 경찰, 헌병, 소방대까지 출동해 군중을 해산했다.

3월 20일, 시헌(時軒) 안희원[4](安禧遠)의 장례일
조문객들이 거리를 가득 메웠다.
"어~화 어~화 어화넘차 어화"
장례 행렬이 성내 시장을 지날 무렵
상여 소리가 뚝 끊어졌다.
"조선 독립 만세!"
"만세, 만세, 만세!"
헌병은 총을 쏘고, 소방대는 물을 퍼부었다.

4월 1일 아침, 아동산
윤수선, 강덕수, 김성선, 박소수, 윤차암이 만났다.
4월 2일 저녁, 밀양공립보통학교
어둠을 타고 청년·학생들이 모여들었다.
윤수선, 강덕수, 김성선, 정선호, 박차용…
정선호가 연장자인 박차용에게 나팔을 건넸다.
나팔 소리와 함께 30여 명의 청년·학생들이 거리로 나

섰다.

윤차암이 달려왔다.

행렬이 북문 근처에 이르렀을 때

경찰과 헌병이 앞을 막았다.

피고인 윤수선, 김성선, 강덕수를 징역 1년 6월에 처하고,

피고인 정선호를 징역 1년 2월에 처하고,

피고인 윤차암을 징역 1년에 처하고,

피고인 박소수를 징역 8월에 처하고,

피고인 박차용을 징역 6월에 처한다.[5]

4월 4일, 단장면 장날, 태룡리

정오를 넘기자 표충사 승려 이장옥, 이찰수, 오학성, 손영식, 김성흡, 구연운, 오응석은 '조선독립만세' 깃발을 장터 한가운데 세웠다.

수천 명의 장꾼들이 모여들었다.

한산 스님[이장옥]이 독립선언서 일부를 낭독했다.

"이천만 각자가 사람마다 마음 속에 칼을 품고…"

태극기를 들고 독립만세를 외치며 장터를 돌고, 돌고, 또
돌았다.

군중들은 헌병주재소로 향했다.

주재소를 겹겹이 둘러싸고 돌을 던졌다.

피고인 이장옥을 징역 5년,

오학성, 손영식을 징역 3년,

이찰수, 김성흡을 징역 2년에 처한다.

압수한 태극기와 독립선언서는 몰수한다.[6]

4월 6일 정오, 부북면 춘화리

계성학교 교장 김래봉, 장로교 신자 김응삼, 김영환, 김
응진

수백의 농민들이 모여들었다.

김성수가 독립선언서를 낭독하고

징과 북을 치고 나팔을 불며 이웃 마을을 돌았다.

4월 10일, 청도면 인산리

한밤중, 50여 명이 나팔 소리를 신호로 시위에 나섰다.

"일본놈은 물러가라!"

일본인 집으로 몰려가 돌을 던졌다.

"조선 독립 만세!"

3.

1919년 3월 13일부터 4월 10일까지

밀양에서는 총 여덟 차례, 만세 시위가 있었다.

셀 수 없이 많은 군민이 참여했다.

2) 윤소룡(尹小龍, 20세), 부산지방법원 밀양지청 판결문(1919.4.14.)
3) 위의 판결문
4) 1891년에 승정원 동부승지를 사직하고 귀향, 1918년 병산서원 원장이 되었고, 부북 삽포[사포리]에서 성호 이익의 전집을 간행하였음.
5) 윤수선(尹秀善, 15세), 부산지방법원 밀양지청 판결문(1919.5.5.)
6) 이장옥(李章玉, 27세), 대구복심법원 판결문(1919.12.10.)

사명대사, 만해 스님의 뜻을 따랐을 뿐

-1919년 4월 4일 단장면 만세운동, 한산 이장옥

1.

소요죄의 형에 따라

피고 이장옥, 오학성, 손영식을 각 징역 3년에 처한다.

피고 이찰수 김성흡을 각 징역 1년에 처한다.[7]

2.

1919년 3월 20일

통도사 승려 5명이 밀양 표충사를 조용히 다녀갔다.

독립선언서 끝에 백용성, 한용운 두 스님의 뜻이 담겨

있었다.

표충사의 강사이자 법무 담당인 승려 한산 이장옥은

서기 김종석에게 등사판으로 인쇄하게 했다.

"우리는 이에 우리 조선이 독립한 나라임과

조선 사람이 자주적인 민족임을 선언하노라."

김종석은 기름종이에 철필로 한 자 한 자 새겼다.
구장엽, 최극선이 손에 쥐는 태극기 수백 장을 만들었다.
이장옥, 구연운, 오학성, 손영식, 김성흡, 김경오는
마을을 돌고 집집마다 다니면서
오는 장날 만세를 부른다고 알렸다.

3.
4월 4일, 단장면 장날이자 사명대사의 춘향일.
  "장날이라 일찍이 가게를 열고 손님을 기다렸는데
  장에 온 조선인들이 물건은 사지도 않고 그냥 얼쩡거리
기만 해
  수상하다 싶어 가게 문을 닫았습죠."[증인 천야종수(淺野種守)]
  정오가 지났다.
  이장옥은 함께 온 승려들을 지휘했다.
  이찰수, 오학성, 손영식, 김성흡, 구연운, 오응석은
  대나무 끝에 매단 '조선독립만세' 깃발을 높이 세웠다.
  나팔이 속엣말 토하듯 울었다.

구연운이 앞에 서서 선언서를 낭독했다.

"오늘날 우리 조선 독립은 조선 사람으로 하여금 정당한 삶의 번영을 이루게 하는 동시에, 일본으로 하여금 그릇된 길에서 벗어나 동양을 지지하는 자의 무거운 책임을 다하게 하는 것이며, … 세계 평화와 인류 행복에 필요한 계단이 되게 하는 것이라. 이 어찌 구구한 감정상의 문제이리오."

장꾼들에게 선언서를 나누었다.

학생 장석준은 종이로 만든 태극기 수백 개를 앞앞이 손에다 쥐어 주었다.

쩌렁쩌렁한 목소리가 장터를 휘저었다.

"우리가 이에 떨쳐 일어나도다.
양심이 우리와 함께 있으며,
진리가 우리와 더불어 나아가는도다.
남녀노소 없이 음침한 옛집에서 힘차게 뛰쳐나와

삼라만상과 더불어 즐거운 부활을 이루어 내게 되도다."

수천의 군중들이 터졌다.
조선 독립 만세!
조선 독립 만세!
조선 독립 만세!

나팔 소리와 함께 '조선독립만세' 깃발이 앞장서고
군중들이 함께 장터를 돌았다.
한 바퀴
또 한 바퀴
또 한 바퀴.

벅차오르는 가슴을 막을 길이 없었다.
군중들은 강을 이루어
헌병주재소로 향했다.

"시장을 나와 주재소로 허옇게 밀고 들어왔어요.

주재소 문 앞에서 내가 해산하라고 소리쳤지만
군중은 점점 늘었어요.
주재소는 군중들에게 포위되었는데
좀 있으니 돌멩이가 우박 쏟아지듯 날아들었어요.
주재소 사무실 유리창, 숙사 지붕의 기와, 숙사의 담
다 부서지고 무너졌어요.
나도 군중들에게 맞고 밟혀서 정수리에 부상을 당했어
요.
이찰수, 손영식은 주재소 앞에서 조선독립만세를 외치고
돌을 던졌어요.
오학성은 선두에 서서 돌을 던지고 깃발을 흔들었어요.
내 두 눈으로 똑똑히 봤어요."[헌병군조 명화해차(名和海次)]

이번 사태는 이장옥이 주모자다.
이장옥이 20여 명의 승려들과 일을 벌였다.
이장옥이 선언서 등사도 시켰다.

이찰수가 돌을 던지고

30

오학성이 선동하고

손영식이 해산을 막았습니다.

김성흡이 군중들 앞에서 돌을 던졌어요.[헌병보조원 조형준,
김경득]

밀양헌병분견소에서 헌병이 급파되고

경찰서 순사가 긴급 출동했다.

오후 2시쯤 군중들은 해산했다.

이날 364명이 검거되고

71명이 검사국으로 송치되었다.

4.

"나는 조선의 승려로서

사명대사와 만해 스님의 뜻을 이어 중생을 제도하고

속박에서 해탈하기를 바랄 뿐이다."

피고 이장옥은

치안을 방해한 죄,

소요를 일으킨 죄,

불온한 문서를 인쇄한 죄,

인쇄물을 반포한 죄에 해당한다.

이 중 가장 무거운 소요죄의 형에 따라

징역 5년에 처한다.

피고 오학성, 손영식을 징역 3년에 처한다.

피고 이찰수, 김성흡을 징역 2년에 처한다.

압수한 태극기와 선언서는 몰수한다.

재판 비용 10원은 피고 이장옥의 부담으로 한다.[8]

1심에서 징역 3년,

불과 20일 후

2심에서 징역 5년으로 늘었다.

5.

4년 후 어느 신문의 한 모퉁이.

조선불교 총무원을 거쳐서 들어온 수재동정금

양산통도사 70원… 이한산(이장옥) 20전.[9]

그리고 2년 후
한산 이장옥의 마지막 모습.
'양산 통도사에서 생긴 참사
무연탄 가스 중독으로
최학래, 이한산
승려 2명 세상을 뜨다.'[10]

---

7) 이장옥(李章玉, 27세), 부산지방법원 마산지청 판결문(1919.11.20.)
8) 이장옥(27세), 대구복심법원 판결문(1919.12.10.)
9) 「수재동정금」, 『동아일보』, 1923.10.10, 3면.
10) 「무연탄 와사독에 승려 2명 화거」, 『시대일보』, 1926.1.26, 2면. '와사독'
   은 가스 중독을 말함.

조선 순사와 일본 순사의 대격투

-1920.9.12. 영남루 연회에서

1. 1920년 7월, 남부지방에 괴질

남부지방에 괴질[콜레라]이 만연하여 하루 사이에 새로운 환자가 80명 90명이 발생하니 경상남도 제삼부에서는 방역 활동을 엄중히 하여 연락선으로 왕래하는 사람에게는 일일이 대변 검사를 하며, 22일부터 괴질 예방주사 증명서가 없는 사람에게는 괴질 발생지에 절대로 여행을 못하게 한다더라.[11]

2. 밀양청년회, 위생단의 활약

1920년 8월, 밀양.
괴질이다!
지체할 틈이 없소!
밀양청년회에서는 덕육부장 김성준 씨 이하 청년 육십여 명으로 위생단을 조직하고, 모두 푸른 띠를 두르고, 소독복을 착용하고, 밤낮 없이 십수 일 동안 활약했다.

>

사찰대는 병자를 찾고 각 대의 집무를 살필 것.

운반대는 병자의 운반을 도울 것.

간호대는 환자 간호에 최선을 다할 것.

소독대는 교통 차단과 소독에 임할 것.

준비대는 비상 응급 상황을 도울 것.

화장대는 화장과 매장 일을 맡을 것.

운반대, 준비대, 화장대는 항시 출근하여 단장의 지휘를 받을 것.[12]

의생 조원경 김종영 두 사람은 밤낮 없이 진료하고 약을 나눠 주어 그 효과가 실로 막대하며, 본사 분국장 고원섭 여사는 임시로 주사술을 익혀서 가가호호를 방문하여 규중처녀까지 주사를 놓았으며, 위생단에 들어온 의연금이 일천사백여 원에 달하였고, 팔목과 이운한 두 자동차부에서는 방역 때 자동차를 제공하여 대원 활동을 도왔다더라.[13]

급보!

하서면 수산리에서 괴질 발생.
청년회 위생단원 여섯 명이
먹빛 어둠을 헤치며
삼십 리를 달려갔다.
병자를 찾아낼 것!
이웃 간에 오가지 말 것!
손발을 씻을 것!
다음 날, 영남의원 의사 박의병 씨와 고원섭 여사가 달려와
근처 주민 천여 명에게 예방주사를 놓았다.

밀양청년회 위생단은 이번 방역에 대성공을 거두고
8월 29일 오후 3시
영남루에서 단원 위로회를 열고
위생단 해산식을 가졌다더라.[14]

3. 연회 끝에 싸움 나다

9월 12일, 영남루.

밀양경찰서에서는

지난 8월 이후 괴질을 막기 위한 방역에 고생한 서원들의 위로연을 열어

영남루에서 종일 질탕히 마시고 놀았다.

연회를 마칠 무렵

술 취한 일본인 순사 부장이

조선인 순사 세 명을 무차별 구타했다.

순사 이원출의 사지를 비틀고 발로 차

이원출은 영남루 마루에서 기절했다.

분개한 조선인 순사들은 이원출을 떠메고 경찰서로 향했다.

"조선인 순사가 죽었다!"

"조선인 순사가 맞아서 죽었다!"

눈 깜짝할 순간이었다.

수백 명이 파도처럼 경찰서로 몰려들었다.

"일본 순사는 사람을 마음대로 죽이느냐!"

경찰서 유리창이 깨어지고

사무실 책상은 박살이 났다.

뒤늦게 달려온 서장은 경종을 울려
순사들 비상 소집을 알렸다.
일본인 순사들이 달려오자
조선인 순사와 대격투가 벌어졌다.
"왜놈들 모조리 죽여라!"
군중들은 점점 늘었다.
서장은 경종을 울려
소방대 비상 소집을 알렸다.
발을 동동 굴렀지만
소방대원은 코빼기도 보이지 않았다.[15]

서장이 일본인 순사들에게 총을 건넸다.
군중들은 주춤거리다
한 발 물러섰다.
모든 점방은 문을 닫아라!
지금부터 통행금지다!

그제야 군중들은 해산했다.

4. 뒷이야기

다음 날 아침
기절했다가 깨어난 순사 이원출
순사 정성락, 문삼룡, 조학규
순사 김재원, 최종달, 송재형
순사 정의두, 방경수, 서정순
순사 허상천, 신형주 등은
출근하지 않았다.
서장이 고용인을 시켜
모자와 칼을 갖다 주었으나
돌려보냈다.
폭행한 일본인 순사를 엄중히 처벌하지 않으면
전부 동맹사직하고
폭행한 순사를 고소하겠다고 분명히 밝혔다.[16]

11) 「남방 괴질 창궐」, 「동아일보」, 1920.7.31, 3면.
12) 「밀양청년회의 방역」, 「동아일보」, 1920.8.18, 4면.
13) 「밀양청년회 위생단」, 「동아일보」, 1920.8.20, 4면.
14) 「밀양위생단의 성공」, 「동아일보」, 1920.9.5, 4면.
15) 「수백의 군중 밀양경찰서를 습격」, 「매일신보」, 1920.9.17, 3면.
16) 「순사쟁투후문」, 「동아일보」, 1920.9.16, 3면.

이건 폭탄이 아니외다
-밀양경찰서에 심장을 던진 청년 최수봉

1.

1920년 9월 14일, 오후 2시 40분

"부산경찰서 폭탄 소요"

26세 조선 젊은이, 하시모토[橋本秀平] 서장에게 폭탄을 던
지다.[17]

박재혁 동지

드디어 해냈구나!

심장이 기차 바퀴 소리를 낸다.

신문 호외를 거머쥔 손에서 땀이 배어 나온다.

밀양역에 내려

상남면 마산리 집으로 돌아오는 동안

그는 내내 같은 말만 되풀이했다.

내 차례가 왔구나.

2.

최수봉,

1894년(갑오년) 3월 3일

밀양군 상남면 마산리에서 태어났다.

서당에 다니다 더 큰 배움을 얻기 위해

밀양공립보통학교에 들어갔으나

일본 왕실을 모독해 쫓겨났다.

"조선의 단군(檀君)은 대일본 소잔명존(素盞鳴尊)의 동생뻘
이다."

"아닙니다. 소잔명존이는 대조선 단군의 손자의 손자요!"

1910년 사립 동화학교에 입학, 전홍표 교장, 김대지 선
생에게 배웠다.

1912년 부산 범어사 명정학교에 들어갔다.

1913년 밀양 서문내 교회(밀양읍교회)의 추천으로 평양 숭
실학교에 들어갔다.

1916년 평안북도 창성군으로 들어가 사금광 광부가 되었다.

프랑스인 살타렐, 일본인 야스이가와가 금광의 주인이었다.

9월에 평안북도 영변군,

평양발 운산행 송금마차 기습 사건이 있었다.

광복회 만주본부 이진용이 동지들과 벌인 일이다.

그는 평안북도 정주군으로 가 우편배달부가 되었다.

정주군에 광복회 평안북도 지부장 조현균이 있었다.

그 후 어디론가 사라졌다.

서간도로 건너가 봉천과 안동을 오간다는 말도 있었다.

3.

1919년 3월 1일, 탑골 공원에서 독립만세의 함성이 울려 퍼졌다.

3월 11일, 만주와 러시아에서 대한독립선언서가 발표되었다.

"2천만 형제자매여!

육탄혈전(肉彈血戰)으로 독립을 완성할지어다."

밀양의 윤세복, 손일민, 황상규 선생도 서명자에 들어 있었다.

3월 13일, 밀양 읍내에서 만세 시위가 일어났다.

3월 14일, 밀양공립보통학교 학생들이 시위에 나섰다.

3월 15일, 밀양의 유림들이 들고 일어났다.

3월 20일, 안희원(安禧遠)의 장례식, 행렬이 시장을 지날 무렵, 상여 소리가 만세 소리로 변하였다.

4월 2일, 밀양소년단이 만세운동을 주도하였다.

4월 4일, 표충사 승려들이 단장면 만세운동을 주도하였다.

4월 6일, 부북면 춘화리에서 만세운동이 일어났다.

4월 10일, 청도면 인산리에서 나팔 소리를 신호로 만세운동이 일어났다.

1919년 11월 9일, 만주 길림성에서

김원봉, 윤세주, 한봉근, 한봉인, 김상윤 등이 의열단 결성하다.

"조선총독부를 파괴하라!"

>

1920년 7월 29일, 조선총독부 경무국 발표.

청주 곽재기, 밀양 윤소룡, 경원 이성우, 밀양 황상규

단천 이낙준, 밀양 김병환, 경성 김기득 7명은

'의열단이라는 것을 조직하여 국권회복을 계획하고

폭탄으로써 요로의 대관을 죽임은 물론

조선총독부 동양척식회사 경성일보사 등의

큰 건물을 파괴하고 십삼도의 민심을 자극코자 하여…' 18)

의열단, 제1차 파괴암살 계획은 실패했다.

4.

1920년 9월 12일, 밀양 영남루.

일본인 순사에게 맞은 조선인 순사가 중상.

'밀양경찰서에서는 지나간 방역 때 노력했던 자위단의 위로회를

영남루에서 9월 12일 오후에 개최하였는데

연회 끝에 무단히 일본인 경관이 조선인 경관을 난타하여

한 명은 생명이 위중함에 이르렀고 세 명은 경상에 이르

렀는데

이 소식을 들은 읍내 시민들은 구름같이 경찰서로 몰려

들어…' 19)

사무실 집기와 유리창을 닥치는 대로 부수었다.

이틀 뒤, 9월 14일, 부산일보 호외

"조선 청년, 부산경찰서에 강력한 폭탄 투척

현장은 처참의 극

하시모토 서장은 부상, 범인은 중상……" 20)

하시모토는 병원으로 가는 도중 숨이 끊어졌다.

범인은 스물여섯 조선 청년, 박재혁.

1920년 12월 27일 오전 9시 40분

밀양경찰서

서장 와다나베, 순사부장 쿠스노키

줄 지어 선 순사들.

>
오늘이 니놈들 제삿날이다.
최수봉은 숨을 한껏 들이쉬었다.
하나, 두울, 셋!
오른손에 쥐어진 보자기를
순사부장을 겨냥해 던졌다.
"쨍―."
유리창을 부수고 날아간 보자기는
순사부장의 심장을 향했다.
동시에 서장과 순사들의 눈은
그를 향해 화살처럼 날아들었다.
퍽, 데그르르.
보자기는 순사부장의 오른팔에 맞고
책상 위로 굴러떨어졌다.
불발!
화살들이 달려온다.
쿵쾅대는 마룻바닥
마지막 보자기를 힘껏 던졌다.

"펑!"

뒤돌아서 달렸다.
뛰어, 뛰어, 뛰어.
순사들의 고함 소리
아무것도 안 보인다.
뒤 따르는 순사들
발자국 소리 소리 소리
읍성 서문껼
골목을 꺾어 들었다.
다시 꺾었다.
막다른 골목
대문을 박차고 부엌으로 뛰어든다.
칼, 칼, 칼
선반의 부엌칼
목을 찌른다.
투다다닥, 타닥
여기다!

5.

눈을 떴다.

밀양군 상남면 마산리 27세 최수봉.

폭탄은 어디서 구했나?

상, 해, 에, 서.

누구한테?

김, 원, 봉.

자세히 대라!

2개, 받, 아, 서

마루 밑, 숨겨 두었다.

거짓말 마라!

폭탄은 어디서 구했나?

상해에서.

거짓말 마라.

상남면 기산리 김상윤이 공범이지!

김상윤은 어디에 있나?

(김 동지는 피했구나!)

김상윤과 둘이서 했나?

폭탄은 누가 만들었나?

두 명이 아니야, 더 있어.

(이종암 동지도 무사하구나!)

6.

피고 최수봉은 일한병합의 현상에 불만을 가지고 전부터 조선 독립을 희망해 왔으며, 대정 9년(1920년) 8월경 밀양 읍내에서 전부터 알고 있는 평안북도 정주군 출신 임태호를 만나 동인으로부터 경찰서에 폭탄을 투하하라는 권유를 받고 이에 쾌락하고, 동년 12월 26일 다시 밀양역에서 동인으로부터 폭탄 2개를 받아 큰 것은 자색 보자기에 싸고 작은 것은 흰 포목으로 싸서 실로 박아, 다음날 12월 27일 오전 9시 40분경 이 폭탄을 가지고 밀양경찰서 정문으로 들어가 실내를 엿보고 다수의 경관이 정렬하고 있어 창문에서 한 칸 떨어진 곳에서 실내를 향해 큰 폭탄을 던지고, 터지지 않자 다시 작은 것을 현관 입구에서 복도로 던지고

도주했음.

폭발물취체벌칙 제12조 폭발물 사용 죄에 따라, 형법 제
54조 제1항 폭탄사용죄형에 따라 피고를 사형에 처한다.[21]

"내가 던진 건 폭탄이 아니외다!"
"조선의 심장이외다!"

7.
1921년 7월 8일 오후 3시, 대구감옥
최수봉의 생명은 교수대에서 13분만에 끊어졌다더라[22]

최수봉의 시신을 장사하기 위하여 밀양 청년 중 몇 사람
들은 부조도 받고 대구에 시신을 가지러 갈 때에 같이 가
서 방관한 청년들은 당지 경찰서에 검거되어 3주일 동안
유치장에 있다가 지난 28일 오전 9시 24분 열차로 부산지
방법원 검사국으로 호송하였더라[23]

8.

1926년 11월, 경북의열단 사건의 진상이 밝혀지면서[24]

최수봉이 공범이라고 밝힌 임태호는 가짜였음이 드러났다.

그는 최후의 순간까지

폭탄을 만들어 준 동지

고인덕과 이종암을 말하지 않았다.

17) 의열단원 박재혁(朴載赫) 의사가 부산경찰서에서 폭탄을 던져 일본인 서
   장을 죽인 사건임.
18) 「조선총독부를 파괴하랴든 폭발탄대의 대검거」, 『동아일보』, 1920.7.30,
   3면.
19) 「연회끗헤대쟁투」, 『동아일보』, 1920.9.15, 3면
20) 『부산일보』 호외(1920.9.14.) 참고
21) 최경학(崔敬鶴, 28세), 대구복심법원 판결문(1921.4.16.). 수봉(壽鳳)은 자
   (字)이다.
22) 「최경학 사형 집행」, 『동아일보』, 1921.7.12, 3면.
23) 「사형수 시체를 호상한 죄」, 『동아일보』, 1921.8.3, 3면.
24) 「경북중대건사의 기일-의열단 전화 활동 진상」, 『동아일보』, 1926.11.11,
   2면.

그해 여름, 고원섭

-1920년 괴질(怪疾), 호역(虎疫), 호군(虎軍)

그해 여름 괴질[콜레라]이 조선을 휩쓸었지요.
걸렸다 하면 둘 중 하나는 죽어 나갔어요.
밀양 읍내서 괴질이 좀 가라앉았다는 8월 말이었지요.
하서면 낙동강변인 우리 마을까지 호역이 퍼졌어요.
그땐 콜레라란 이름이 없었고 괴질이라고도 하고
호랑이처럼 무섭다고 호역, 호군이라고도 했어요.

바로 이웃에서 토하고 설사하고
사람이 쓰러져 실려 나가고 죽었어요.
그 염천에 우린 꼼짝도 못하고
문구멍으로 밖을 내다보고 있었지요.
우리 내외는 죽더라도 아이들만은 살려 달라고
신령님께 빌고 또 빌었지요.

그때 삽짝에서 소리가 들렸어요.
문을 빼꼼 열고 내다봤더니
몽당치마를 입은 젊은 여자가
입마개를 하고 가방을 메고 들어서요.

"예방 주사를 맞아야 되니
한 사람씩 나오세요."
이웃끼리도 문을 닫고 들앉았는데
얼굴을 가린 그 씩씩한 여자가
우리 아이들부터 주사를 놔 주었어요.
와이고, 이젠 살았다 싶었지요.

뒷날 들어 보니 그이가
동아일보 밀양분국장인 고원섭(高遠涉) 여사라는구만요.
간호부도 아닌데 주사 놓는 걸 직접 배워서는
가방을 둘러메고 나섰다네요.
호역 걸리면 죽는다고 아무도 나서지 않는데
읍내서 삼십 리 길을 달려왔어요
그 고원섭 선생이.

나라 잃은 청년들 앞에 서다

–밀양의 어른, 백민 황상규 선생

1.

황상규

1890년 밀양 읍내 노하골에서 황문옥, 허경순의 외아들로 태어났다.

열아홉(1908), 노동야학에서 체조를 가르치는 명예교수가 되었다.

스물넷(1913), 김대지 구영필 윤치형과 '조국광복의 일편단심을 모아서' 일합사를 조직했다.

스물다섯, 광복단에 가입.

스물여섯, 대한광복회에 참여.

조직원들 속속 검거되다.

스물아홉, 1918년 겨울

고국을 떠나 숨결도 얼어붙는 길림(吉林),

광복회 만주본부를 찾아가다.

2.

1919년 2월, 길림

'무오독립선언서'에 서명하다.

"이천만 형제자매여. 국민 본령을 자각한 독립인 줄을
기억할지며, 동양평화를 보장하고 인류평등을 실시키 위한
자립인 줄을 명심할지며, 황천(皇天)의 명령을 크게 받들어
일체 사망(邪網)에서 해탈하는 건국인 줄을 확신하야 육탄혈
전(肉彈血戰)으로 독립을 완성할지어다."

대한독립의군부 재무 담당의 짐을 지다.
남경 금릉대학에 유학 중이던 처조카 김원봉을
조용히 길림으로 불렀다.
스승이자 고모부 황상규의 뜻을 새긴 김원봉
유하현 고산자 신흥무관학교를 찾아가
육탄혈전 결사대 투쟁할 동지들을 모았다.

1919년 11월 9일 밤
길림성 파호문 밖 만주인이 운영하는 화성여관.
황상규, 윤치형, 김원봉, 이종암, 이성우, 서상락, 강세우,

신철휴, 윤세주, 곽재기, 김상윤, 한봉근이
　소수 정예 결사대 투쟁을 전개할 의열단을 결성하였다.

　우리는 목숨 바쳐
　조선 총독, 군부 수뇌, 대만 총독, 매국노, 친일파 거두,
밀정을 처단한다!
　우리는 온몸 던져
　조선총독부, 동양척식주식회사, 매일신보사, 경찰서를 파
괴한다!

　12월, 자금 조달을 위해 몰래 입국했다.
　1920년 3월, 김원봉 곽재기 이성우가 상해에서 탄피 3개
와 폭약을 구입했다.
　대, 중, 소, 폭탄 3개를 만들었다.
　상해 김대지의 집에서 폭탄 3개를 포장.
　임정의 장건상이 안동[단둥]현 세관의 영국인 보잉 앞으로
보냄.
　곽재기가 받아서 원보상회 이병철에게 넘김.

이병철은 수수[高粱] 20가마니에 포장하여 경상남도 밀양
으로 보냄.

몰래 밀양으로 달려간 이병철,

내일동 김병환의 미곡상점 마루 밑에다 폭탄을 감춤.

4월, 김원봉 이성우가 상해에서 폭탄 13개, 권총 2자루,
탄환 100발을 구입했다.

이성우는 배를 타고 안동현으로 가 이병철에게

이병철은 수수 20가마니에 포장하여 부산의 배중세에게

배중세는 비밀 표식이 된 다섯 가마니만

진영 강상진의 집 창고에 숨김.

3.

조선총독부, 동양척식회사, 매일신보사에 폭탄을 던진다.

날짜는 7월 10일.

한봉근 신철휴 김상윤 윤세주 동지가 실행한다.

곽재기 이성우 김기득 동지가 실행한다.

잠시 숨 고르는 사이

6월 16일, 서울 인사동 중국음식점
황상규, 이성우, 이낙준이 거사를 의논하다 체포되다.
7월 8일, 폭탄을 숨겨둔 밀양 김병환의 미곡상점
경기도 경찰이 들이닥치다.

"조선총독부를 파괴하려든 폭발탄대의 대검거"
범인은 곽재기 외 6명
밀양, 안동현에 대연락
암살파괴의 대음모 사건
조선총독부 경성일보사와 동양척식회사 등 큼직큼직한
건물들을 파괴하고 요로대관을 죽이려다 발각[25]

그는 혀를 깨물었다.
(나는 그저 조선 청년들 한 발 앞에 걷고자 했을 뿐.)

황상규에게는 아무것도 알아낼 수 없었다.
"어느 때부터 폭탄 계획에 참가하였는지 명확하지 않은데,
폭탄 사용에 관계가 있다는 것은 확실하다."[26]

>

황상규

폭발물취체벌칙 제4조에 의해 징역 7년에 처한다.

간혀서 재판을 받는 동안

1920년 9월 14일, 청년 박재혁이 부산경찰서에서 폭탄을

1920년 12월 27일, 청년 최수봉이 밀양경찰서에 폭탄을

터뜨렸다.

그리고 1921년 9월 12일,

청년 김익상이 조선총독부 2층 비서과, 회계과에 폭탄을

던지고

유유히 걸어 나왔다.

1922년 3월 23일, 상해의 황포탄 부두

김익상은 오성륜, 이종암과 함께 일본 육군대장 다나카

저격에 나섰다.

4.

1926년 4월 24일, 7년의 형기를 마치고 나왔다.

"기미운동이 일어난 그 이듬해에 가장 세상을 놀라게 한 큰 사건은 밀양에서 일어난 제1회 폭발탄 사건임은 아직도 기억에 남아 있는 바, 그 폭발탄 사건은 의열단의 최초의 계획으로 이 사건의 주인공인 황상규(37) 김기득(35) 양씨는 경신년 여름에 체포되어 7년의 형을 마치고 작일[어제]로써 만기 되어 경성형무소에서 출옥하였는 바, 동 양씨는 금일 오전에 밀양 자택으로 향하여 출발하였다고"[27]

밀양 집에 돌아오니

작년에 아들이,

올해 딸이,

세상을 떠나고 없었다.

다시 일어섰다.

1927년 3월, 밀양청년회 신임 집행위원이 되다.

1927년 5월

밀양군청 밀양역전으로 이전 반대한다!

3일, 이천여 주민 군청을 포위

4일, 4천여 군민이 밀양미곡시장에 모여

제3차로 군수에게 질의한 뒤

고야산 불당에서 이전반대위원회 결성.

조선인 상점 일제히 철시―이전 문제 해결될 때까지 계속
단행할 터

이전 예정지인 '밀양역전 지가폭등'.[28]

황상규, 이전반대위원회 경상남도 방문 대표단에 참여하다.

11월 9일, 밀양공립농잠학교 학생들 동맹휴학

"2학년 급장 이몽돌이 순사한테 모욕을 당했다!"

"선생 영목초삼(鈴木初三), 랑주중웅(郎湊重雄)을 배척한다!"

황상규, 교섭위원으로 학교 당국을 상대하다.

밀양공립보통학교 화재 조사위원 대표로 나섬.

황소가 되어 밀어붙였다.

기관차가 되어 달렸다.

1927년 12월 19일

좌우 합작으로 만들어진 민족운동단체인 신간회

밀양지회를 창립하고 의장이 되다.

1928년 2월

"1인 1구좌, 1구좌는 1원"

로치데일 소비자 협동조합을 만들고 조합장이 되다.

밀양여자야학 교실 문제 해결을 위해 나섬.

1929년 6월, 신간회 중앙집행위원으로 선임.

7월 4일 중집위에서 서기장으로 선출, 서무부장 겸임.

11월, 광주학생의거 진상조사단으로 다녀와

12월 13일에 '광주학생사건 진상발표 대연설회'를 열기로 함.

경찰이 대회를 금지하고 간부와 회원 91명에 대한 예비검속이 시작됨.

1931년 신간회 내분 심화.

5월 16일, 전체대회에서 신간회 해소안이 가결.

황상규, 쓰러지다.

5.

1931년 9월 2일

그는 영영 눈을 감고 말았다.

9월 6일 출상일

만여 명의 사람들로 밀양 읍내 길이 막혔다.

의열 청년들의 맏형

정신적 지주

밀양의 어른 황상규

눈물 바다의 맨 앞에 성큼성큼 걸어갔다.

*참고
김영범, 「육탄혈전으로 조국의 독립을 완성하라」(2015년 1월의 독립운동가),
국가보훈처.

---

25) 「조선총독부를 파괴하랴든 폭발탄대의 대검거」, 「동아일보」, 1920.7.30,
3면.
26) 황상규(黃尙奎, 30세), 경성지방법원 판결문(1921.6.21.)
27) 「밀양사건 주동인물 황, 김 양씨 출옥」, 「시대일보」, 1926.4.25, 2면.
28) 「밀양군청 이전문제 후문」, 「매일신보」, 1927.5.7, 3면.

혹부리 이상관 약전
-조선혁명군 재정부장

본명 이정헌(李禎憲)

1890년 경상도 밀양군 퇴로리에서 부친 함평이씨 민주와 모친 안동권씨 사이에서 태어났다. 경술국치(1910) 이후 이 시영, 이회영 선생이 가족을 거느리고 만주로 들어가 신흥무관학교를 세웠다는 소식을 새겼다가, 1918년 스물아홉에 중국으로 건너가 신흥무관학교에 들어갔다. 1922년 밀양으로 돌아와 가산을 정리하고 아내와 아들, 동생 부부와 함께 서간도 환인현 횡도천 거호구에 정착했다.

나라를 통째 빼앗겼으니
30년 인생, 배움이 무색하구나.
다시 고향 땅 밟지 못해도
후회 없는 길 가리라.

손톱, 발톱이 빠지도록 황무지를 일구고 닭, 돼지 기르며 터전을 마련했다. 1924년, 서른다섯에 만주 독립운동 조직 정의부에 들어가 이름 없이 일하고, 1926년 환인 남구 총관이 되어 곳곳을 돌며 조선 사람의 생활을 살피고 군자금을 모았다.

1929년, 정의부, 신민부, 참의부가 국민부로 통합되자 경
제위원장 장승언의 부관이 되어 재정을 마련하고 물자를
조달했다.

자그마한 키, 혹부리 장사꾼 노인 하나
지난달 관전에서 보이더니
그저께 환인에 나타났네
환인에서 보이더니 신빈에 지나가네
청원에서 잠깐, 개원에 언뜻
유하에서 슬쩍, 통화에 불쑥
임강에서 보이더니 무송에 나타났네.

1931년 9월 18일, 일제가 기어이 만주사변을 일으켰다.
1931년 12월, 조선혁명당과 국민부 간부들, 신빈현 하북
에서 중앙간부회의 열다
일본 경찰의 습격
조선혁명당 중앙집행위원장, 조선혁명군 사령관 등 10명

체포되다.

1932년 2월 관전, 양기하 부대장 전사.

양세봉, 조선혁명군 총사령이 되고

이상관, 조선혁명군 재정부장이 되었다.

"조선인 집집마다 1년에 2원의 세금을 걷는다. 조혼, 중혼, 술주정, 아편 흡연, 도박을 하면 벌금을 물린다."

1934년 9월 20일, 환인현 소황구 골짜기.

밀정 박창해와 중국인 왕명번에 속아 양세봉 사령관이 최후를 맞았다.

1935년 가을 횡도천, 동생 경헌의 집.

부친의 제삿날, 웬 늙은 거지 하나 들어선다.

자세히 보니 혹부리도 없고 얼굴엔 마마자국 가득한 늙은이,

형 정헌이다. 이름도 이상관으로 바꾸었다.

1936년, 조선혁명군은 밥을 굶고 헤진 옷을 그대로 입고 싸웠다.

"허가 없이 곡물을 유출하면 모두 몰수하고 벌금 다섯 말을 부과한다.

마차도 몰수하고 마차부에게는 벌금 300원을 부과한다."

그해 아내와 아들, 동생 경헌 가족이 일경에 체포되어 갇히었다.

밥이 목구멍에 걸리고, 눈이 감기지 않아 잠을 이루지 못했다.

1937년 1월, 가족의 소식이나마 알아보려다 횡도천 경찰에 체포되었다.

조선혁명군 간부 고이허, 김명암, 홍심원, 이상관,

독한 고문에도 입을 열지 않자 봉천 북대영으로 끌고가 죽였다.

장사치 행색, 언 발로 떠돌아도
심장은 늘 뜨거웠노라.
내 죽은 뒤
나라 되찾는 영화를 바랄 뿐
겨울 들판에 들개 밥 되어도

한 줌 후회 없어라.

마흔일곱 혹부리 노인,
왜적의 손에 숨이 끊어져 북국의 언 땅에서 눈 감지 못
하다.

그이, 고원섭 여사

-1923년 밀양

『별건곤』이라는 대중 잡지를 내고 있을 때였어요. 밀양을 지나는 길에 고원섭(高遠涉) 양을 만나러 갔지요. 밀양여자청년회를 세우고 동아일보 밀양지국을 만든 인물이라 들었거든요.

서문 안에 있는 밀양지국을 찾아갔더니 웬 심부름하는 젊은 아주머니가 나왔어요. 몽당치마에 광당포 적삼을 걸쳤는데, 어디서 막 일하다 온 듯했어요. 지국장인 고원섭 양을 만나러 왔다고 했더니, 손을 쑥 내밀며 악수를 청하는 겁니다.

밀양에는 암소 고기와 막걸리가 명품이지요.

어느새 고기를 사 와서 볶더니 막걸리도 함께 내놓았어요. 그러곤 술을 한 잔 탁 따르더니, 자기가 쭉 마시는 겁니다. 세상에, 멍해지는데, 이번엔 저한테 한 잔 붓는 겁니다.

초면인 여자와 마주해 술을 나누면 누구나 불편하지요. 그래서 제가 그 거북한 한 잔을 먼저 마셨습니다.

서른 고개의 노처녀 고원섭 양, 신문에서는 '고원섭 여사' 라고 써요. 머리며 옷맵시며 조금도 꾸미지 않은 당찬 그이가 왜 그렇게도 좋아 보이던지. 지금도 누가 밀양 이야기를 하면 그이가 생각나요.

포아통학이라니

-1923년 7월, 밀양여자야학

어디 보자, 밀양 소식이 나왔네.

밀양여자야학이 성황이라.

고원섭 선생님이 하는 여자청년회 야학이네.

교사 문창호 박재곤 김경준 씨가 열심히 교수하여

생도가 130여 명에 달하고.

아니 이렇게나 많이 오나.

특히 30여 세의 부인들이, 이런 부인들도 야학에 온다
고?

포아통학하는 현상은, 포아통학(抱兒通學)이라니 이건 무슨
말인고?

포아는 아이를 안고, 통학은 학교에 댕긴다는 말이지.

애를 업고 야학에 온다고?

30여 세 부인들이라카는 걸 보이

암만캐도 그 고원섭 선생 어릴 적 동무들이거나

그렇지 싶어.

부인계의 자각을 증명한다, 맞는 말이야.

여자들이 배워야 한다고 밥 먹듯이 얘기한다더니.

밀양여자청년야학 고원섭 선생님께

-1924.3.29. 제1회 졸업생 박순덕, 윤명이

경신년(1920) 겨울
밀양여자청년회에서 야학을 연다고 할 때
꿈만 같았습니다.
열여섯 먹도록 보통학교 문턱도 딛지 못한 우리에게
드디어 기회가 왔구나.
잠을 설치고 말았지요.
아버지를 조르고 졸라 허락을 얻었을 때는
집안일 잔심부름도 신이 났어요.

조선여자교육회 김미리사 여사를 모시고
여자 해방이란 말을 들었을 때는
천지가 뒤집히는 것 같았지요.
그 겨울밤 야학 기금을 낼 돈이 없어
머리에 꽂은 비녀를 빼고
손가락에 끼었던 반지 내놓은 이 여럿이었어요.

얼굴이 누런 우리들을 위해
감자 하나 고구마 반쪽도 나눠 주던

우리들의 고원섭(高遠涉) 선생님.

이천만 인구의 반인 여자의 무식함에 가슴을 치며

어서 배워 실력을 기르고

남녀 평등, 여자 해방 가져오자고 가르치신 선생님.

추울 때도 더울 때도 몸이 아플 때도 가르치신 선생님.

아이들은 많고 서문 안 예배당은 좁고

노처녀라 쑤군대는 사람들 틈에서

손이 닳도록 사정하며 예배당 교실을 지키신 선생님.

밀양여자청년야학 제1회 졸업생인

순덕이와 명이, 우리 둘은

이제 선생님의 두 팔이 되겠습니다.

아니, 두 다리가 되겠습니다.

예배당 구석구석 청소도 하고

선생님 심부름도 하고

어린 동생들 모르는 것도 살뜰히 챙기겠습니다.

3년이란 시간이 이렇게 후딱 가버리다니.
졸업이 다가오자 우리 둘은
몇 날 며칠 고민 끝에
남녀평등, 여자해방 넉 자씩
손수건에 새겼습니다.

선생님, 우리들의 고원섭 선생님.
밀양여자청년야학의 등불이신 고원섭 선생님,
이제 선생님은 혼자가 아니라 셋입니다.

그때 남천강 배다리에서는

-1925~1927년 신문에 난 몇 장면

① 1925년 1월

영남루 앞 남천강 배다리는 영남8경 중 하나라는데
밤이면 120간(間)이나 되는 긴 다리가 암흑이라
이번에 밀양은행 지배인 삼등행송(森藤幸松) 씨가
자기 돈 50원으로 다리 중앙에 등을 내걸었다네요.
36촉 전등을 달아 매달 1원80전 전기요금까지
부담하기로 했답니다.
찰람찰람 강물 소리 한가운데 오똑한 등대입니다.

② 1925년 9월

지난 7월부터 계속된 홍수로 남천강 물이 불어
밀양 성내(城內)와 삼문리, 기차정거장 앞은
진흙 바다가 되었다.
이천수백여 명의 피난민들은
보통학교와 재판소에 수용 중이며
정거장에도 이천여 명의 피난민이 몰렸다.
경부선 유천 철교는 떠내려갔고
남천강 배다리도 끊어졌다.

③ 1925년 9월 9일
홍수 참상을 취재하기 위해 밀양에 온
동아일보 김동진 기자.
이번에는 물이 얼마나 갑자기 불었던지
배다리를 미처 다 떼어놓을 사이도 없이 떠내려가서
다시 고쳐 놓자면 한 달은 걸린다고 하네요.
보기에도 무시무시한 시뻘건 강을
나룻배로 겨우 건너
발목이 푹푹 빠지는 모래벌을 간신히 뚫고
가까스로 기차 정거장에 도착했습니다.
이번 수재 이후 처음으로 기차가 오는 날이라
정거장은 말 그대로 북새통입니다.
아침을 못 먹고 나와 정거장 매점에서
과자와 과일과 음료를 사서
동행인 송기찬 씨와 먹으려는데
일고여덟 살쯤 되어 보이는 아이 서넛이 뛰어나와서
깎아서 버린 배 껍질을 집어먹는데
그만 그 새까만 눈동자를 보고 말았습니다.

④ 1926년 6월 11일
밤 한 시, 남천강 배다리.
한 여자는 물에 빠져 죽으려 하고
다른 여자는 붙들어 말리고 있는 것을
지나가던 청년이 겨우 막았다고 한다.
빠져 죽으려던 여자는
대구 남산정 사람인데
지난 12월에 3년간 계약으로
300원에 몸이 팔리어
밀양군 삼문리 요리점 대흑정으로 온
김복순(18)이라고 한다.
대흑정 주인 서산정시(西山政市)는
김복순을 무수히 때리고
손가락 사이에 나무 막대를 넣어 비비고
그날도 무수히 때린 뒤 경찰서까지 끌고 가서
모욕을 하였다 하니
분함과 설움을 호소할 곳이 없어
죽기로 결심했다더라.

⑤ 1927년 2월

남천강 배다리는 좁아서 통행이 몹시 곤란한데
지난 23일 장날에 사람 셋이 소달구지에 치여
한 명은 거의 죽게 되었다고 한다.
달구지 끄는 차부 남자용(29)은
쌀 열세 가마니를 싣고 밀양역으로 가려고
배다리를 건너려 하는데
건너편에서도 소달구지가 들어오고 있었다.
수레를 끌던 소가 자동차 소리에 놀라
배다리로 마구 내달리는데
옆에 피하여 섰던 학생 둘은 소달구지 밑에 깔리고
달구지 끌던 차부도 넘어졌다.
이 사고로 밀양공립보통학교 6학년 조지순(19)이
머리가 터져서 피를 흘리고 쓰러진 것을
함께 가던 학생이 업고 밀양의원으로 달려가
응급치료를 하였으나
오후 4시 경에 근근히 말은 하나
어떻게 될지 알 수 없다더라.

⑥ 1927년 7월
남천강은 물이 사오척이나 불어
배다리가 떨어지고
통학생의 등교도 불가능하게 되었는데,
13일 오전 11시 경에
삼문동 김윤식의 딸 복리(4)가 강가 언덕에 놀다가
물에 떨어져 떠내려갔고 한다.
복리는 클레멘타인 노래 같은 홀아비 어부의 외딸,
그날 아버지가 고기잡이 나간 뒤에
그렇게 되었다더라.

소년의 힘으로 우뚝 서는 나라

　-밀양소년회 김종태, 박해쇠

1.

1927년 8월 12일 오후 1시, 밀양청년회관
밀양소년회 창립 총회를 열다.

아동 서화 전람회를 엽시다!
조선소년연합회에 가입합시다!
소년잡지 새벗 지사를 설치합시다!
그럽시다, 그럽시다!

8월 18일, 밀양소년회 창립기념 음악회
"자리 없는 거 알아요
그냥 들여 보내만 주이소."
400여 명 빼곡했다.

9월 25일, 삼천포소년회에서
소년소녀 작품 전람회를 열었는데
어라, 밀양소년회
김종태 작문이 2등!

박해쇠 작문이 3등을!

밀양소년회도 10월 22일부터
밀양청년회관에서
제1회 소년문예전람회를 개최.
연 이틀 줄이 끊이질 않았다.
이번에는 제1회 토론회를 엽시다.
11월 6일 저녁
"지(智)이냐 근(勤)이냐?"[29]
(지혜냐, 부지런함이냐?)
기대하시라.
지(智)편에 김종태, 정순호, 박해쇠 …
근(勤)편에 윤지창, 조용복, 박진오 …

11월 26~27일, 거창소년회
제4회 현상문예전람회가 열렸는데
출품작이 500여 점, 관람자가 수천이라.
여기 2등으로 입선된 김종태 군의 작문

불온한 점이 있어 경찰서원이 압수한다.

김종태(17)
밀양면 내이동 945번지
치안유지법 위반
약식명령
벌금 30원 노역장 유치 30일에 처한다.

2.
1928년 1월 3일, 밀양소년회 주최 강연회를 열다.
4월 16일, 소년회에서 앞동산 조기등산회를 개최하기로
하다.
5월 6일, 밀양공립보통학교 운동장
어린이날 기념 축하식을 거행하다.
노동야학 학생, 여자야학 학생 300여 명이 참가
어린이 만세!
만세, 만세, 만세!

시내를 행진하다.

밤 8시 청년회관

뜨거운 가슴 식지 않아

강연에, 음악에, 동화까지 하려는데 경찰이 금지!

5월 7일 저녁 8시, 청년회관

이번엔 아버지 어머니 대회

500여 명이 몰려와서

회관 마당까지 인산인해였다.

다음엔 아이 어른 없이

다 모입시다.

밀양시민대운동회

◇일시 : 5월 27일

◇장소 : 삼문리 밀양공립보통학교 운동장

◇주최 : 밀양상우회

◇후원 : 밀양청년회, 밀양소년회, 동아일보 밀양지국

밀양소년회가 있으니까

머지않아

밀양이 조선의 중심으로 우뚝 설 거야.

조선소년연맹 도연맹을

경남에서 제일 먼저 세웁시다.

7월 8일 오전 10시

조선소년총연맹 경상남도연맹을

밀양청년회관에서 조직하다!

"조선소년총연맹 경남도연맹 설립대회는 예정대로 지난 8일 오전 10시부터 밀양청년회관 안에서 열렸는 바, (⋯) 최규선 씨의 경과보고, 각처 우의단체로부터 온 축문 축전 낭독이 있은 후, 각 가맹단체의 운동상황 보고 외 소년회 경과 보고가 있은 후, 중앙집행위원 선거와 다음과 같은 의안을 통과시킨 후 무사히 폐회하였다더라."[30]

중앙집행위원장 김종태

중앙상무서기 김규식(동래), 박해쇠(밀양)

>

7월 20일, 밀양경찰서, 책상 위에는
밀양소년회 회보 『활살』 창간호 원고가 놓여 있다.
김종태가 편집 겸 발행인으로 불려갔다.
"창간호 발간 불허한다!"
"어떡하지요?"
"그래도 갑시다."
"어떻게?"
"창간호 없는 2호를 준비합시다."

8월 12일 저녁 8시, 밀양청년회관
"지금부터 밀양소년회 창립 1주년 기념대회를 시작하겠
습니다."
400여 명의 눈이 연단을 향했다.
김종태 군이 1년 동안 약력을 보고하겠습니다.
조용복 군이 조선 소년운동의 상황을 보고하겠습니다.
각지로부터 온 축문을 이재봉 군이 낭독하겠습니다.
축문 가운데 한 통은 임석 경관이 압수했다.

다음은 여러분들이 존경하는 황상규 선생의 축사가 있겠습니다.

소년들의 눈빛은 회관을 더욱 환하게 밝혔다.

이팔수 군의 감상담을 끝으로 축하식을 마치고 여흥이 이어지겠습니다.

노래와 춤, 가극와 연주로 흥이 오르는데

임석한 경관

"중지! 중지하고 해산하라!

시간이 지났다.

책임자는 내일 오전 9시까지 경찰서로 출두하라!"

8월 13일 오전 9시, 밀양경찰서

조용복, 박경수, 이재향이 출두하다.

책상 위에 '밀양소년회 강령'이 펼쳐져 있다.

"우리는 의식적 교양과 조직적 조련으로 사회진화상 전개될 신사회의 역군의 철저를 도함"

"여기, '신사회'를 왜 삭제하지 않았지?"

"검열을 받았지 않습니까?"

"빼라고 했잖아!"

'검열에서 통과시켜 놓고는….'

"삭제해!"

"이렇게 말 안 들으면 단체를 해체할 수도 있어."

8월 28일 밤, 밀양청년회관

밀양소년회 지도급 위원 전부가 참여하는 동화대회를 열었다.

"청중은 장내 장외로 입추의 여지가 없이 모여들어 인산인해를 이루었다. 순서에 따라 김종태 군이 등장하야 『항아리의 물』이란 제목으로 이야기를 하게 되자 군중은 주먹을 쥐기도 하며 분노하기도 하여 장내는 물을 뿌린 듯이 고요하였다. 이어서 김순한 군이 등단하야 『넝탕감사』라는 제목으로 이야기를 하자 일반은 배를 거머쥐고 웃었다. 또 이어서 이팔수 군이 단에 올라 『지혜 많은 막동이』란 제목으로 이야기를 하자 장내가 떠나가도록 웃기를 마지 아니하였다. 이어서 이배근 씨가 등단하야 『이상한 두루마리』라는 이야기는 일반소년에게 많은 교양을 주고 하단한 후,

김순한 군의 청아한 독창이 있은 후, 『친철한 동무』란 제목으로 권소쇠 군의 피가 뛰는 이야기가 있은 후, 『어린 나그네』라는 피눈물이 나는 박해쇠 군의 동화가 있은 후 김경준 씨의 재미있는 동화 『세 동무』란 이야기로서 동화대회는 밤 10시반에 무사히 끝을 마치게 되었다더라."[31]

한 자락씩 풀어내는 이야기는
여름밤의 뜨거움에 달아
숨겨 두었던 고구마 익는 내음처럼
사방으로 퍼져나갔다.

3
1928년 11월 2일, 김종태 밀양경찰서에 갇히다.
11월 25일, 정사복 순사 10여 명이 밀양소년회 간부와
학생 5명을 검거
가택을 수색하여 일기, 통신물, 원고, 잡지 등을 압수하다.
이들은 '문예'라는 잡지를 발간하기 위해

비밀리 '문예동인회'를 만들었다.

11월 26일 오후 3시경, 박해쇠, 이팔수, 박진호, 박태수,
임한록은 풀려나고

김종태는 나오지 못하다.

12월 3일, 김종태, 부산지방법원 검사국으로 호송

12월 5일, 박해쇠, 박진호, 이팔수 3명이 부산검사국으로
호출

고등계 형사 이갑이가 동행하였다.

1928년 12월 3일부터 부산지방법원 예심에서 취조를 받은
밀양소년회 간부 김종태, 박해쇠, 이팔수, 박진호는
1929년 4월 26일에야 예심이 끝났는데
이팔수, 박진호는 그날 풀려나고
김종태, 박해쇠는 즉시 공판에 넘겨졌다.

5월 22일, 부산지방법원 형사법정
밀양문예동인사 사건의 김종태, 박해쇠
치안유지법 위반에 대한 천면(千綿) 검사의 구형

김종태 징역 1년 반, 박해쇠 징역 1년.
5월 31일, 원전(原田) 재판장의 판결
김종태 징역 1년(미결 통산 60일)에 처한다.
박해쇠 무죄.[32)]

7월 28일, 조선소년총연맹 경남도연맹 제2회 정기대회
집행위원장 김종태가 없는 자리
박해쇠가 개회사를 했다.
신간회 본부 등에서 온 축전 3통은 낭독이 금지되었다.
김형윤(마산)을 신임집행위원장으로 뽑았다.

10월 18일, 동아일보에
친구 김종태를 감옥에 두고
혼자 나와 있는 박해쇠의
시가 실렸다.

　유치장에서

하늘엔 달도 떴으련만

어둠은 물러갈 줄 모르고

가을의 맑은 바람이

세상엔 넘치련만

여기는 알지 못할 내음새뿐

오– 고달픈 유치장의 몸

내가 무슨 罪를 지었노?

아버님 어머님껜

『거짓 없는 내 자식』

나의 동무 K에겐

『건실한 박군』이라고

똑같은 칭찬을 들어왔건만

오늘날 이 신세는

罪 아닌 罪이라오!³³⁾

4.

김종태 군 출옥

1930년 4월 4일, 경남 밀양소년회 집행위원장 김종태(20)
군은 1928년 11월에 밀양경찰서에 검거되어 부산지방법원
에서 치안유지법 위반으로 1년이란 징역을 받고, 개성유년감
에서 1년의 징역을 마치고 지난 4일에 출감하였다.[34]

1931년 3월 29일 오전 10시
밀양소년동맹 제3회 정기대회를 개최하다.
3월 30일, 밀양소년동맹 장명길이
금지된 어린이날을 준비하다 검거되다.
3월 31일, 어린이날 기념을 금지한다는
벽보를 붙이고 다닌
밀양소년동맹 박대근이 검거되다.

29) 「소년동아일보(밀양소년회총회)」, 「동아일보」, 1927.11.1, 3면.
30) 「경남소년도연맹 성황리에 설치」, 「동아일보」, 1928.7.11, 4면.
31) 「밀양소년회 제3회 동화회 8월 28일에」, 「중외일보」, 1928.8.31, 4면.
32) 「밀양소맹사건 전부징역구형」(「동아일보」, 1929.5.23, 5면), 「문예사건판
     결」(「동아일보」, 1929.6.6, 3면)
33) 「동아일보」(1929.10.18., 4면) '동아문단'에 '밀양 석정(夕亭)'이란 이름
     으로 발표함.
34) 「김종태군출옥」, 「동아일보」, 1930.4.8, 3면.

삼랑진에서 고독한 별

-1928년 6월

낙동강 기슭의

실버드나무의 꽃이

한가롭은 바람에 불리워서

수면에 잔 무늬를 놓을 때

나의 설움은 생기었어라

버들꽃의 향내는 아직도 오히려

낙엽같은 나의 설음에 섞이어

저 멀리 새파란새파란 오월의

하늘 끝을 방향도 없이 헤매고 있어라

1928년 6월 1일, 「내설음」이란 제목으로 동아일보에 발
표된 시.

필명은 삼랑진에서 '고성孤星'[외로운 별]이라네요.

외로운 별은

5월에 「오월의 아침」

7월에 「바다 우의 황혼」

8월에 「가신 길」을 발표했어요.

94

>
삼랑진의 외로운 별은 누구일까?
언제부터 삼랑진에 머물며 시를 썼을까?

그리고 1년도 더 지난
1929년 12월에 「내설음」이란 시가 같은 신문에 실렸어
요.
이번에 필자는 '이원 장두환' 이었어요.

　　남대천 기슭의
　　실버드나무의 꽃이
　　한가롭은 바람에 불리워서
　　수면에 잔 무늬를 놓을 때
　　나의 설음은 생기었노라.

다음해 4월에
이원 장두환의 「내설음」은
삼랑진 고성孤星의 시 「내설음」을 표절했으니

참으로 후안무치하다는 글이 실렸어요.

"낙동강 기슭의/실버드나무"를

"남대천 기슭의/실버드나무"로 살짝 바꾸었지요.

여기서 끝났으면 얼마나 좋았을까요?

그해 9월에 「내설음에 대하야」라는 글이 동아일보에 실렸는데

「내설음」이 1923년에 나온 김억의 시집 『해파리의 노래』에 실려 있다는 겁니다.

능라도 기슭의

실버드나무 꽃이

한가롭은 바람에 불리여

수면에 잔무늬를 놓을 때

내 설음은 생겨났어라

버들꽃의 향내는 아직도 오히려

낙엽인 나의 설음에 섞이어

저 멀리 새파란새파란 오월의
하늘끝을 방향도 없이 해매고 있어라

김억의 시집에 '능라도 기슭'을
고성孤星은 '낙동강 기슭'으로
장 아무개는 '남대천 기슭'으로 슬쩍 바꾸어
신문에 보낸 것이었지요.

한때나마 삼랑진에 머물던
그 '외로운 별'은 누구일까요?

삼랑진 사과밭에서

-1928년 7월

    삼랑진공립보통학교 2학년 손아무개는 학교를 마치고 집으로 가는 길이었어. 아침도 굶은 터라 배가 무지무지 고팠지. 길가에 늘어선 사과나무엔 아기 주먹만한 사과가 포르스름하니 매달려서 자꾸만 부르네. 거긴 죄다 왜놈들 과수원이었어. 뱃속은 꼬르륵대며 맞장구치고, 여름날은 땀에 먼지가 반이네. 에라 모르겠다. 앞뒤 휙 둘러보곤 풋사과 하나 뚝.

    뒷덜미 움켜쥐는 우악한 손아귀. 이 도둑놈! 사과밭 주인 왜놈이었지. 증거는 손에 쥔 풋사과 하나. 주먹질, 발길질, 빠가야로! 금방 입술이 터져버렸어. 아이를 끌고 가 포승으로 죄인 다루듯 새끼줄로 두 손을 묶어 기둥에 매어 두었어. 그래도 분이 안 풀리던지 보통학교 사무실로 끌고 갔지. 교장도 지전이라는 왜놈인데, 그 앞에서, 이 도둑놈 좀 보라고, 학교에선 뭘 하는 거야, 소릴 질렀지. 교장은 묵묵히 듣고만 있는데

    그날 학부형회 임원회 날이라 박 아무개 씨가 그걸 봤

어. 아니, 이런 싸가지 없는 놈이 있나. 새끼줄을 풀고 시퍼런 아이의 볼을 만지더니, 주재소로 가자! 사과밭 주인은 씩씩대며 나서. 삼랑진역 앞 주재소 들어서자, 이 도둑놈이 우리 사과를 다 망쳤다, 말하려는데, 박 씨가, 사람이 사람 쥐이도 되는교? 어린 아이를 패서 다 죽게 생겼소. 이 폭행범을 고발하니 감방에 넣어 주시오. 이렇게 딱 잘라버렸어.

*참고
「임금멧개로 악착한 사형」, 『동아일보』, 1928.7.24, 5면

오로지 하나만 빼고
-일신여학교 동무들에게, 박차정[35]

을숙, 복래, 분남, 경순아[36]
일신여학교 4회 졸업한 스물아홉 동무들아.
잘 도착했다.
이 편지 읽자마자 태워다오.

나는 오늘부터 버렸다.
경술년 치욕에 분이 터져 목숨을 끊은 아버지의 딸이란
것도
외가에 이름만 대면 다 아는 아저씨들[37]과
다섯 남매 꿋꿋이 키워낸 어머니의 넷째란 것도
다 지웠다,
오로지 하나만 빼고.

사 년을 함께했던 일신의 동무들과 맹휴[38]의 나날들
일신에 긁적인 소설과 시와 수필[39]
이런 것들
오늘부터 다 버렸다.
우리가 힘을 모아 세웠던 동래지회[40]의 기억도

졸업하던 해 초겨울 광주학생들의 싸움과
이듬해 서울 여학생들의 의로운 힘도
다 버렸다,
오로지 하나
내 앞에 주어진 숙제만 빼고.

사랑하는 동무들아
읽자마다 태워다오.
이제는 고향도, 동무들 이름도
내게 두 오라버니가 있었다는 것도
서대문경찰서의 밤도
경성지방법원 검사국도
다 버렸다,
오로지 하나만 빼고.

내 마지막 순간
총알이 심장을 파먹어
북국의 어느 언덕에 쓰러져 숨이 끊어진 뒤

아무도 돌보지 않아
황무지에 뒹구는 뼛조각이 될지언정
오로지 하나만 빼고
다 버렸다.

일신의 동무들아
편지는 속히 태워다오.
내 기억도
나를 안다는 사실도
다 지워다오.
오로지 오로지 단 하나만 빼고.

---

35) 박차정(1910-1944)은 1929년 3월 9일, 일신여학교를 졸업(4회)했다.
36) 4회 졸업생 박을숙, 서복래, 주분남, 강경순.
37) 어머니의 사촌 김두봉, 육촌 김두전.
38) 동맹휴학
39) 교지 『일신』에 실은 소설 「철야」, 시 「개구리」, 수필 「흐르는 세월」.
40) 1928년 5월 10일 결성된 근우회 동래지회.

눈을 감아도 눈을 떠도

  -최준례 묘비

ㄹㄴㄴㄴ해ㄷ달ㅊㅈ날 남
대한민국ㅂ해ㄱ달ㄱ날 죽음
최준례 묻엄
남편 김구 세움

백범 김구의 부인 최준례 여사가
1924년 1월 1일 폐렴으로 세상을 떠났다.

상해에 있는 동포들이 돈을 모으고
국어학자 김두봉이 비문을 쓰고
상해 프랑스 조계 공부국 묘지에
이렇게 세웠다.

(단기) 4222년 3월 19일 남
이라 하지 않고
ㄹㄴㄴㄴ해 ㄷ달 ㅊㅈ날 남
이라 썼다.
대한민국 6년 1월 1일 죽음

이라 하지 않고
대한민국 ㅂ해 ㄱ달 ㄱ날 죽음
이라 새겼다.

숫자까지 조선말로 새겼으니
눈을 감고 떠나는 이나
눈을 뜨고 살아 있는 이나
오로지 조선뿐이었다.

*참고
「회포를돕는비셕」, 「동아일보」, 1924.2.28, 2면(사진).

조선어학회 여러 선생님께

-1934년 5월, 의령에서

저는 경상도 의령 사는 아무개인데
낮에 농사짓고 밤에 글 배웁니더.
야학 선생님께서 조선어학회에서 낸 『한글』 창간호를
또박또박 읽어주시고 조목조목 알려 주십니더.

우리글 통일하고 삼천리 곳곳에 널리 펴기 위해
『한글』 지사(支社)를 맡을 동지를 구한다 쿠길레
지가 번쩍 손을 들었심더.

겨우 까막눈 살짝 면했지만
결심만 있으모 된다 캤지예?
야학 동무들과 누에 치고 달걀도 팔아
한 호에 3전, 6개월 30전, 1년에 55전
돈을 만들고 『한글』을 돌릴 깁니더.

조선어 사전 만드는 데 앞장선
이극로 선생도 여기 의령 사람입니더.

허락해 주시기를 앙망하며 손꼽아 기다립니다.

*참고
조선어학회, 『한글』 창간호(1932.5.), 제12호(1934.5.) 등

연희전문학교 문과 교수 최현배 선생 지은

-「시골말 캐기 잡책」(1936)

제군들! 오늘 이 강단에서 마지막으로 제군들에게 이 과제를 주겠네. 이건 과제라기보다 그동안 제군들을 가르쳐 온 사람으로 마지막 부탁이네.

말은 그 속에 얼을 담고 있네. 시골말은 우리 조선 삼천리 시골 선조들의 얼이 담긴 소중한 유산이네. 조선 말글을 연구하고 정리하는 운동이 고조되는 이때, 조선 각지 시골말을 캐어 모아 정리하는 일은 아주 중요한 일이네.

책을 펼쳐 제1, 천문·지리편을 보라.

시골에서 별을 '빌'이라고 부르면 '빌'이라고 적으라. 이제 캐는 시골말은 꼭 소리 나는 대로만 적을 것이요, 말본이라든지 맞춤법이라든지는 도무지 상관하지 아니함이 좋다. 고드름을 '고드래미'라고 말하면 그대로 적으라.

제2, 동물·식물편을 펴 보라. 고양이를 '고냉이'라고 하면 그렇게 적고, 말벌을 '바드래'라고 하면 그대로 적으라.

제3, 제4 다 마찬가지라. 혀를 '세'라 적고, 말더듬이를 '떠뜨바리'라 적고, 큰어머니는 '큰어멍이'라 적고, 사내아이는 '머슴아', 계집아이는 '지즙아', 딸은 '간나'라 적고, 김치는 '짐치', 뒷간은 '통식간'이라 적으라. 모두 그대

107

로 적으라.

시골말을 캐어 모으데, 그대로 살려 내어라. 자르거나 뽑지 말라. 그대로 살려내는 일은 여러 가지 뜻으로 매우 필요한 일이네. 조선의 말들이 이렇게 살아 일어나면, 우리 안에서 조선이 늘 살아 숨 쉬게 될 것이네. 강단을 떠나는 내 마지막 부탁이네, 제군들!

*참고
- 『시골말 캐기 잡책』 : 1936년 최현배 선생이 지은 방언채집수첩.(『한글』 제35호(1936.5.) 104쪽에 발간 예정 광고 실림)
- 최현배 선생은 1926년부터 연희전문학교 교수로 근무하다가 1938년 7월 흥업구락부 사건과 관련해서 사직함.
- 위에 나온 시골말은 『한글』 제71호(1939.10), 제72호(1939.11.)에 신숙철, 정태윤이 춘천·울진과 강릉 말을 소개한 내용임.

밀양유족회 김봉철 씨
   -약산 김원봉의 동생

전쟁이 터진 1950년 6월 25일(14:50)
내무부 치안국, 전국 도 경찰국에 긴급 전통문
"전국 요시찰인 전원을 경찰에 구금할 것"
7월 14일, 경남경찰국
"불순분자 일제히 검거하라"
7월 15일, 밀양 김봉철의 집
"경찰이다!"
김봉철은 남천강으로 뛰어들었다.
형 용봉, 동생 봉기, 덕봉, 구봉
막내 여동생 학봉까지 경찰에 연행되었다.

밖은 새카만 어둠, 속은 더 새카만 숯덩이
지금 처자식 생각할 때가 아니다.
밀양을 떠야 산다.
어둠을 헤치고 마산으로 도망한 봉철
부두에서 죽으라 일만 했다.
밀양경찰서로 잡혀간
용봉, 봉기, 덕봉, 구봉, 네 형제

다시는 돌아오지 않았다.

전쟁이 끝나고 고향으로 돌아와
읍내에 작은 세탁소를 열어
아버지를 잃은 조카들
가족들 생계를 챙겼다.

이렇게 엎드려 있어야 하나?
1956년 8월 8일, 밀양읍의원 선거
당선!

1960년 4 · 19 이후
밀양에서도 침묵을 좌시하지 않겠다며
밀양신문이 창간되었다.
10년 전 경찰에 붙들려 가서
어디서 어떻게 죽었는지도 모르는
형 용봉, 동생 봉기, 덕봉, 구봉
유골이라도 찾자.

원혼이라도 달래자.

6월 4일, 김봉철의 집
6·25전쟁 나던 해 8월에 학살된 양민의 진상 규명을 위
해서
유족들이 빽빽이 모였다.
피학살자조사대책위원회
6월 10일, 피해자 신고를 받자 200여 명이 몰렸다.
7월 17일, 영남루에서 장의위원회를 결성했다.
7월 19일, 청도 곰티재에서 183구
삼랑진 안태리 뒷산에서 330구
유골을 수습했다.

누구의 것인지도 알 수 없는 유골들
눈물로 하얗게 닦으며 울부짖었다.
"억울한 맘 다 놓고 그만 잘 가이소!"

7월 20일, 삼문동 밀양공설운동장

유족 200명, 읍민 500여 명
눈물과 통곡으로
합동 위령제를 지내고
합동 묘지를 만들어
다독였다.

1961년 5·16 군사쿠데타
이틀 뒤, 5월 18일 오후 5시경
"형사과장이 좀 보잡니다."
김봉철은 경찰에 연행되었다.
나흘 뒤 면회했는데
전기고문으로 이빨이 많이 아프다고 했다.
177일간의 불법 구금.

1961. 11. 28. 쿠데타로 세운 혁명재판소
'피학살자양민유족회' 반국가행위사건 구형 공판
주진학, 이재운 검찰관
"피고들은 가족들이 6·25 당시 공산분자의 죄명으로 죽

었는데

4 · 19 이후 그 유골을 발굴하여 합동위령제를 지내고

정부 당국에 형사보상금을 요구하는 등의 진정을 하였
으며

유족회를 조직하여 불온한 성명서와 결의문으로

공산 간첩의 활동에 동조했다."

"특히 밀양유족회 대표 김봉철(43)은

그의 형 김원봉이 북한괴뢰의 각료급 주요 인물인 바

그 죄상은 추호도 동정할 여지가 없다.

이에 '특수범죄 처벌에 관한 특별법' 제6조(특수반국가행위)
를 적용하여

사형을 구형한다!"

1961. 12. 7. 혁명재판소

반국가행위 일괄 선고공판

김봉철(43), 무기징역을 선고한다.

1962. 2. 9. 상소심 선고공판

김봉철(43), 원심을 파기하고 징역10년을 선고한다.

1962. 4. 17. 박정희 최고회의의장이 혁재 상소심판부 판결을 확인 서명하다.

불법 구금에 기나긴 재판을 받는 동안
목숨 구하려고 재산을 모두 처분하고
가족들은 뿔뿔이 거지가 되었다.

1965. 12. 25. 성탄 특사로 석방되어
부산 동구 수정동 수정시장 근처
단칸방에서 세탁소를 운영했다.

술을 마시면 독재자를 욕하고
사라진 형제들을 불렀다.
무지막지한 세월 거슬러
속은 다 타서
1986년 화병으로 세상을 떠났다.

그가 떠나고 26년이 흐른 뒤

2010. 7. 14. 부산고등법원 재심 판결

"양민들에 대한 피학살행위의 진상을 규명하여 관련자들
을 처벌하고

위령제를 통해 피학살자들의 영혼을 달래주며

유가족들에 대한 보상을 요구했을 뿐,

북한의 활동을 찬양, 고무, 동조한 점이 없어

피고인 김봉철은 무죄임."

2012. 9. 7. 대법원 판결

"고 김봉철 씨 유족에게 국가가 배상하라!"

2018. 3. 7.

그의 형제가 태어난 밀양시 내이동 901번지

'의열기념관'이 문을 열었다.

*참고
-「5·16쿠데타 직후 인권침해 사건」(진실·화해를위한과거사정리위원회,
 『2009년 하반기 조사보고서 08』, 2010.3.15.)
-김기진, 『끝나지 않은 전쟁, 국민보도연맹』, 역사비평사, 2002.
-「살해된 사람들, 남겨진 사람들 16」, 《단디뉴스》(http://www.dandinews.

  com), 2022.9.28.
- 「살해된 사람들, 남겨진 사람들 17」, 《단디뉴스》(http://www.dandinews.
  com), 2022.10.27.
- 「고문하다 사람이 죽으면 낙동강 고기밥으로 던졌다」, 《오마이뉴스》, 2020.
  10.30.
- 「김원봉 혈육이 살아온 학살과 탄압의 70년」, 『시사IN』 670호, 2020.7.24.
- 「좌익 몰려 화병 사망 김봉철 씨 '48년만의 무죄'」, 『부산일보』, 2010.7.15.
- 「5.16 혁명재판소 피해자 유족에게 19억 배상 확정」, 『프레시안』, 2012.9.7.
- 『조선일보』(1956.8.7, 1961.11.29, 1962.2.7, 1965.12.25.)
- 『경향신문』(1956.8.7, 1961.11.29, 1961.12.7, 1962.2.7, 1962.2.9.)
- 『동아일보』(1960.11.1, 1962.2.10., 1962.4.19.)
- 『밀양신문』 창간호(1960.10.17.), 제8호(1960.12.12.)

곰티재와 안태 골짜기에서

―밀양 보도연맹 희생자들

• **1950년 6월 25일 14:50, 내무부 치안국**

전국 도 경찰국에 긴급 전통문을 보낸다.

"전국 요시찰인 전원을 경찰에 구금할 것"

6월 29일

보도연맹 및 기타 불순분자를 구속하라.

7월 11일

전국 보도연맹원 및 요시찰인에 대한 예비검속 단행하라.

7월 14일, 경남경찰국

"불순분자 일제히 검거하라"

7월 24일

구속 중인 불순분자 명부를

25일 오후 5시까지 특사 편으로 보고하라.

• **8월 13일, 청도 곰티재**

1950년 8월 13일 새벽 1시, 밀양경찰서 유치장.

보도연맹원들, 예비검속자들, 줄줄이 묶어 트럭에 실었다.

북으로 북으로 어둠을 향해 달렸다.

꼬불꼬불 산길로 접어들자 누군가 먹빛 어둠 속으로 뛰어내렸다.

곰티재에서 유일하게 살아돌아온 양동 마을 김한곤,

10년간 입을 다물었다.

아버지 박○○는 밀양경찰서에 연행되어 8월 14일 살해되었음.

형 박○○는 밀양경찰서와 나카노공장에 갇혀 있다가 청도군 매전면 곰티재에서 살해되었음.

아버지 이○○는 8월 13일 연행되어 곰티재에서 살해되었음.

남편 손○○은 곰티재에서 살해되었음.

아버지 윤○○는 8월 14일 곰티재에서 살해되었음.

작은아버지 김○○은 8월 13일경 곰티재에서 살해되었음.

아버지 양○○는 곰티재에서 살해되었음.

아버지 안○○은 8월 13일 곰티재에서 살해되었음.

아버지 이○○는 나카노공장에 한 달가량 갇혀 있다가 곰티재에서 살해되었음.

(8월 5일부터 19일 사이, 밀양과 이웃한 창녕군 영산면 일대에서 낙동강을 건너온 북한군 4사단과 미군 24사단의 치열한 전투가 있었음.)

사촌형 손○○은 밀양경찰서에 연행되어 행방불명되었음. 남편 손○○은 밀양경찰서에 갇혀 있다가 손이 묶인 채 트럭에 실려 간 후 행방불명되었음. 아버지 박○○는 밀양경찰서에 갇혀 있다가 행방불명되었음. 형 박○○는 8월 20일경 연행되어 행방불명되었음. 아버지 유○○는 연행된 이후 행방불명되었음. 아버지 손○○는 밀양경찰서에 갇혀 있다가 행방불명되었음. 아버지 이○○은 나카노공장에 갇혀 있다가 행방불명되었음. 남편 손○○은 밀양경찰서에 갇혀 있다가 행방불명되었음. 아버지 전○○은 나카노공장에 갇혀 있다가 행방불명되었음. 아버지 임○○는 연행된 이후 행방불명되었음. 작은아버지 김○○은 연행된 이후 행방불명되었음. 형 민○○은 밀양경찰서에 갇혀 있다가 행방불명되었음.

• 8월 18일 오후, 삼랑진 안태 골짜기

삼랑진역에서 달려온 트럭, 뿌연 먼지를 날리며 안태 마을 앞을 지나갔다.

트럭 가득, 머리는 빡빡 밀었고, 손은 뒤로 묶여 굴비 엮듯 엮인 사람들.

삼랑진지서 2층에 갇혀 있던 보도연맹원들 같네.

트럭은 덜컹거리며 먼지 꼬리를 남기고

천태산 그늘 짙은 동촌 마을 세족골로 사라졌다.

'아, 작은아버지!'

옷 입은 걸 보면 알지.

무서워서 불러 보지도 못했어.

좀 있으니 총소리가 막 났어.

점심때 올라간 군인들이 해가 지고 내려왔어.

외송 작은집에 연락해서 작은아버지 찾으러 올라갔더니

세 군데 구덩이를 파고 죽였더라고.

피 냄새가 진동하고 정신이 하나도 없었어.

사흘 동안 핏물이 흘러 내려왔어.

무슨 소리 하노? 동장이 보도연맹원 숫자를 채워 넣으려고 모집하러 다녔어. 좌익 활동 안 해도 강제로 도장을 받았어. 과거 민족청년단 간부했던 내송 마을에 장씨처럼 족청에 가입했던 사람들을 대한청년단원들이 강제로 보도연맹에 넣기도 했어. 전쟁 전에 누군가 권유로 도장을 찍어 주었던 외송마을 아가씨 여섯 명이 삼랑진지서로 연행되었다가 풀려나기도 했어.

연금 마을에서는,
일, 곱, 사, 람, 이, 붙, 들, 려, 갔, 는, 데,
곰티재와 안태 골짜기에서,
다, 죽, 었, 어.

*참고
–「경남 밀양 국민보도연맹 사건」(진실 · 화해를위한과거사정리위원회, 『2009년 하반기 조사보고서 04』, 2010.3.15.
–김기진, 『끝나지 않은 전쟁, 국민보도연맹』, 역사비평사, 2002.

그 지하실에서 6박 7일

-경남대학교 정인권, 1979.10.21~27.

처음에는 직접 간첩이 되었다가
(너, 김일성은 몇 번 만났어?)
다음은 야당 지도자의 사주를 받았다가
(임마, 김영삼을 언제 만났어? 돈은 얼마 받았고?)

발가벗긴 뒤 손은 손대로 발은 발대로 묶더니
차가운 쇠사슬을 집어넣어 바베큐처럼 꿰어
거꾸로 매달았다.
수건으로 얼굴을 감아 머리 뒤쪽에서 움켜쥐더니
얼굴 위로 물을 붓기 시작했다.
고함도, 외침도, 아무것도 말이 되어 나오지 않고
짐승 같은 울부짖음만 터져 나왔다.

다음은 재야 불순 세력의 지시하에 시위를 주동한 자가
되었다가
(김대중은 언제부터 만났어? 바른대로 불어.)
최후에는 학원에 침투한 간첩의 선동을 받은 주동자가
되었다가

(넌 학원 침투 간첩을 만난 거야. 언제, 어디서, 만났느냐
고 그것만 말 말해.)

끝내는 우발적으로 저지른 충동적 시위 주동자가 되었다.

(학우 여러분, 지금 부산에서는

연이틀 동안 우리 학우들이 피를 흘리며

유신 독재에 맞서 처절히 싸우고 있습니다.

도대체 지금 여기 이렇게 앉아 무엇을 기다리고 있습니
까?

일어서서 과감히 나가 싸웁시다!)

10월 21일 밤에 끌려 들어가

27일 새벽 6시

6박 7일만에

마산경찰서 별관 지하실에서 끌려 나오니

생전 처음 보는 햇살이 기다리고 있었다.

(전날 밤, 유신의 심장에 총탄이 터진 줄도 몰랐다.)

*참고 -부마민주항쟁기념사업회, 『부마항쟁 10주년 기념 자료집』(1989), 정인
권 씨 증언(170~175쪽)

그날의 벽
-포고문 계엄 제1호(1979.10.18.)

1979년 10월 18일 0시를 기하여 아래 사항을 포고함.

일체의 집회, 시위 기타 단체활동을 엄금한다. 일체의 집회, 엄금한다. 일체의 시위, 엄금한다. 일체의 언론, 출판, 보도, 방송은, 일체의 언론, 일체의 출판, 일체의 보도, 일체의 방송은 사전 검열을 받아야 한다. 사전 검열, 사전 검열을. 각 대학은 당분간 휴교조치한다. 휴교조치, 휴교. 유언비어 날조, 유포와 국론분열 언동은 금한다. 금한다. 금한다. 야간 통행금지는 22시로부터 익일새벽 4시까지로 한다. 통행, 금지, 금지. 이 포고를 위반한자는 위반한자는 위반한자는 영장없이 영장없이 체포 체포 체포 구금 구금 압수 수색한다 영장없이 체포한다 영장없이 구금한다 영장없이 1979. 10. 18. 부산지구 계엄사령관 육군중장 이—개—노—무—새—끼—가—.

오빠의 사흘

–부산대학교, 1979.10.16~18.

1.

1979년 10월 16일
오빠는 책도 안 펴고
밤늦도록 무슨 편지 같은 걸
꺼내어 읽다 한숨짓더니
교복 안주머니에 넣었다가
또 꺼내어 읽고
다시 접고 접어서 넣곤 했어.

1979년 10월 17일
이기 무슨 일이고?
어제 오시게시장 갔다 온 앞집 아지매 말로는
부산대학 학생들이
산업도로 가득 달려가는데
끝이 없더래.
"유신철폐, 독재타도"
그기 무슨 말이고?

오빠는
학교를 빼먹은 게 분명해.
저녁에 숙제하려고
앉은뱅이책상에 앉았을 때
발에 차인 물건은
오빠의 대학생 가방이었어.

저녁 숟가락만 놓으면
곯아떨어지는 아버지도
대문 밖에 나갔다 들어오고
또 나가고 밤은 깊어 가는데
오빠는 돌아오지 않았어.

2.
학우여!
얼굴을 가렸던 책을 치우고
틀어막혔던 입과 귀를 열자![41]

꺼지지 않는 자유의 횃불을 들고
모여서 대열을 짓고 나가자![42)
10시, 도서관 앞으로!

나 이제 가노라
저 거친 광야에
서러움 모두 버리고
나 이제 가노라.[43)

외치노니 학문의 자유
이곳이 우리들의 부산대학교
부—산—대—학—교[44)

여러분!
드디어 때가 왔습니다!
저 독재정권과 맞서 투쟁합시다!
나갑시다!
나가자, 나가자!

독재타도! 유신철폐!

3.
1979년 10월 18일
떨려서 입이 안 떨어져
내 눈으로 직접 봤으니.
대학생들이 달려간 그 길로
장갑차가 땅을 가르고
군인들 꽉꽉 실은 트럭이
끝없이 따라갔어.

비상계엄 소식 들은 아버지
오후 일을 접고
오빠를 찾아 나섰어.
시청 앞에서 미화당, 부영극장까지
남포동, 광복동, 중앙동을 싹 쓸고도
혼자 돌아왔지.

다음 날 저녁 오빠는
파김치가 되어 돌아왔고
말을 잃었어.
7일 뒤 라디오에서
박정희 대통령 서거 소식을 듣고
끝났다!
이 한 마디 했을 뿐.

그러고도 8년이 더 지나
1987년 6월이 되어서야
오빠가 끌고 다닌 긴 침묵
무거운 그림자가
끝이 났어.

41) 10월 15일 부산대학교에 뿌려진 「민주선언문」 일부
42) 10월 15일 부산대학교에 뿌려진 「민주투쟁선언문」 일부
43) 김민기, 「아침이슬」 일부
44) 부산대학교 교가 일부

어떤 사진

-가자지구 라파, 공습으로 주저앉은 건물 앞, 'I LOVE U' 라고
쓴 종이를 든 어린이.

여길 좀 봐 주세요.
분노는 병원만 부수는 게 아니에요.
할머니와 동생과 옆집 아기까지
내일 솟을 태양까지 없애는 거예요.

심장의 피를 뿜는 기관총
가족의 저녁 기도를 날려 버리는 포탄
이건 신의 섭리가 아니에요.

땅 위에 박아 놓은 철조망이
야훼와 알라를 가를 순 없어요.
저 너머 끝없이 펼쳐진 하늘은
하나이잖아요.

제발 여길 좀 봐 주세요.
탱크와 미사일은 모두를 죽이는
악마의 짓이란 걸

어린 우리도 다 알아요.
부수어야 하는 건
병원이 아니에요.
학교가 아니에요.
아파트가 아니에요.
마음속 숨겨 둔 증오의 폭탄이에요.
죽고 죽이는 악마들의 싸움이에요.

우리는 적이 아니에요.
나는 당신을 사랑해요.
나는 당신을 사랑해요.

바라건대 새해에는

'전쟁이 끝났어.'
이 한마디가 새해 첫 소식이기를.

얼음장으로 내몰린 노인들에게는
바라건대 목도리와 털장갑에
따뜻한 아랫목과 말동무를.
시험과 취직과 무관심
고시원 달방 청년들에게는
함박눈을 아니
함박눈처럼 퍼붓는 희망을
온갖 걱정 스르르 녹이는 새해 첫 햇살을.

새해에는 바라건대
노동자들이 어디서나 안전하게 일하고
땀 흘린 몸으로 가족의 품으로 돌아갈
기본적인 아니 최저 밑바닥 권리를.
우리 사는 곳곳 층층이 쌓인 편견
이기심 내로남불 적개심 다 녹아내리기를.

색안경 벗어던지듯 눈에 낀 장막이 사라져
이웃이, 상대가 보석처럼 반짝이는 모습
또렷이 볼 수 있기를.

정치 하는 이들은
마취에서 깨어난 환자처럼
정신이 번쩍 들어
정쟁이고 공천이고 다 내던지고
나라와 국민 살리러 뛰쳐나가길.

그 무엇보다도 새해에는
사람을 사람 생목숨을
아기와 엄마와 할머니를 죽이는
저 분노의 불이 꺼지기를.
'전쟁이 끝났어.'
이 한마디가 세상 모든 소식통에
새해 인사처럼 가득 도배되기를.

| 후기 |

가시를 걷어찬 밀양 사람들

오래전부터 밀양을 오롯이 담은 시집을 내고 싶었다.

2000년대 들면서 일제 강점기 밀양의 민족해방운동 관련 연구서와 자료들을 만날 기회가 많아졌다. 2005년에 밀양향토청년회에서 발간한 『밀양의 청년운동』을 만났을 때, 무슨 새로운 발견을 한 느낌이었다. 아, 밀양 청년운동의 뿌리가 여기에 있구나! 그러면서 나라를 잃고 고난 속에서 살면서도 조국 독립의 꿈을 잃지 않았던 이들, 특히 밀양에서 활동한 이들에 대한 내 관심은 조금씩 커졌다. 일제 치하 밀양에서 살았던 청년들의 활동은 오늘을 사는 우리에게 지표가 되기에 충분했다. 아니, 그 엄혹하고 절망적인 가시밭을 건너간 그분들이 존경스럽고도 위대하게 다가왔다. 나도 모르는 사이에 시간이 나면 과거 신문 기사를 찾고, 헌책방을 뒤질 때도 밀양 관련 서적에 먼저 눈이 가고는 했다.

2016년 1월부터 《밀양아리랑신문》에 밀양 관련 시를 연재하기로 했다. 첫 작품은 「이건 폭탄이 아니외다」였다. 1920년 12월 27일, 밀양경찰서에 폭탄을 던진 청년 최수봉 의사의 삶을 노래한 시였다. 청년 최수봉은 1916년부터 1919년까지, 평안북도 창성군으로 가서 사금광 광부가 되기도 했고, 정주군에서 우편배달부가 되기도 했으며, 서간도로 건너가 봉천과 안동을 오갔다고도 한다. 세세하게 밝혀지지는 않았지만 세상을 떠돌면서 나라 잃고 사는 이들의 처지를 직면하고, 고뇌와 결의의 시간을 보냈으리라는 것은 짐작이 되었다.

밀양여자청년회를 세운 고원섭(高遠涉)을 만난 것도 충격이었다. 1920년 여름, 콜레라가 발병하자 밀양청년회에서는 위생단을 조직하여 사찰대, 운반대, 간호대, 소독대, 준비대, 화장대 등으로 역할을 나누어 대처했다. 동아일보(1920.8.20.) 보도 기사의 끝에, "본사 분국장 고원섭 여사는 임시로 주사술을 실습하여 불볕더위에 구슬땀을 흘리면서 가가호호를 방문하여…"라는 부분에 눈이 멈추었다. 아니, 밀양에 이런 부인이 있었다니! 자료를 찾아보니 1920년 5월 동아일보 밀양분국을 세운 이가 고원섭이었다. 이어서 그가 밀양여자청년회를 창립한 주인공이고, 밀양여자야학에 헌신한 인물임을 알게 되었다. 심훈의 장편소설 『상록

수」(1935)에 나오는 '영신'과 같은 인물이었다. 영신이 예배당에서 아이들을 가르쳤듯이, 고원섭도 '서문 내 교회' (밀양읍교회) 예배당을 이용해 여자 야학을 운영했다. 그녀는 진명여학교 출신으로 결혼도 하지 않고 여성운동에 매진했고 조선여성동우회(1924.5.9.) 창립 멤버이기도 했으며, 근우회 밀양지회 활동에도 헌신하다가 1930년 4월 22일 병으로 세상을 떠났다.

밀양에서 태어나 밀양에 터 잡고 살면서 일제와 쉼 없는 싸움으로 일생을 보낸 분들을 만나면서 밀양의 정신을 새롭게 만날 수 있었다. 나라 잃은 청년들의 맨 앞에 서서 뚜벅뚜벅 걸어간 백민 황상규 선생. 7년의 옥살이를 마치고 밀양에 돌아온 그에겐 아들과 딸을 잃었다는 소식이 기다리고 있었다. 백민은 거기서 다시 일어섰다. 3·13 밀양 만세의 시발점인 김병환 선생의 내일동 미곡상점(쌀가게). 거기다 폭탄을 숨겨 두었다가 밀양폭탄사건으로 김병환 선생은 옥살이를 한다. 서대문 감옥에 갇혀 있는 동안 어머니가 돌아가시자 밀양청년회에서 장례를 치른다. 그 밀양청년회의 터전 위에 밀양소년회가 창립되고 핵심 인물인 김종태는 개성 유년감에서 1년 징역을 살게 된다. 김종태가 갇혀 있는 동안에도 밀양소년회는 꾸준히 활동을 이어갔다. 이처럼 수없이 많은 이들의 싸움과 헌신 위에 오늘의 밀양이 있는 것이라 생각하니 자못

숙연해진다.

밀양 보도연맹 희생자들 가운데 약산 김원봉의 동생들은 잊을 수 없다. 용봉, 봉기, 덕봉, 구봉이 모두 희생되었고, 막내인 학봉도 갇혔다가 천만다행으로 목숨은 건졌다. 남천강에 뛰어들어 도망친 봉철은 4·19 이후 피학살자 조사대책위원회를 구성하고 희생자들의 유골을 수습해서 합동장례를 치른다. 하지만 5·16 이후 '특수반국가행위'로 무기징역 형을 받게 된다. 그의 형이 김원봉이란 이유로 가혹한 형을 받은 것이다. 형제와 가족에게 씌워진 족쇄는 김봉철이 죽고 26년이 지난 뒤 '무죄' 판결로 풀려진다. 형제가 죽고 가족은 뿔뿔이 흩어져 떠돌아야 했던 이들, 그 아픔은 아직도 우리 곁에 현재진행형으로 이어지고 있다.

밀양에 새겨진 이 저항과 아픔의 발자국을 잊어버리는 순간, 우리는 눈먼 떠돌이가 되고 만다. 그래서 내 방식으로 내 수준껏 기록하고 싶었다. 그것이 여기 실린 시들이다. 시의 품격은 자신이 없다. 하지만 어제가 오늘을 비추고 오늘이 내일을 열어, 환하게 빛나는 밀양이 되기를 바라는 마음은 가득하다.

■ 수/우/당/시/인/선